KB081027

사신공주의 재혼 6

거울 감옥에서 사는 왕

오노가미 메이야
(小野上明夜)

앨리스노블

번역 이진주 **표지** 조은아 **편집** 김은솔 **디지털** 김효준 **마케팅** 김정훈

차례

트레이스
카슈반의 소꿉친구 겸 집사

노라 텔페스
라이센가의 메이드
겸 카슈반의 애인(?)

세이그람
티르나드의 교육담당
겸 집사

루아크
라이센가를 드나드
는 전직(?) 암살자

티르나드 레이덴
명문가 레이덴의
당주인 소년

Death Princess

카슈반 라이센

「아즈베르그의 폭군」으로 악명 높은 벼락출세한 신흥귀족

알리시아 라이센

통칭 「사신공주」돈에 팔려온 신부

등장인물 소개

Illustration
키시다 메루

서장

바다를 내려다보는 절벽 위에서 성녀의 이름을 짊어진 소녀가 혼자서 바닷바람을 맞고 있었다.

때로는 강하게 때로는 약하게 휘몰아치는 바람은 불규칙하게 소녀를 덮쳤다. 그때마다 소녀가 등에 멘 가짜 날개가 삐걱거리고, 어깨까지 내려오는 옅은 색의 머리카락과 하얀 법의 자락이 격렬한 소리를 내며 춤추었다.

문득, 비명과도 같은 그 소리에 등 뒤에서 풀을 밟으며 다가오는 발소리가 섞여들었다.

"……나딜인가? 그대에게 볼일은 없다. 물러가라."

사람을 끌어당기는 미소가 끊이지 않는, '날개의 기도' 교단 제2계제 고위에 있는 성직자. 붉은 머리카락을 가진 청년의 이름을 소녀가 퉁명스러운 어조로 입에 담자, 등 뒤에 선 남자는 말 사이의 간격을 길게 늘이는 어조로 대답했다.

"아셀님이 부르신다고…… 들었습니다만…… 용무가 없으시다면……."

"기다려라, 레오니아인가. 괜찮다, 너를 부른 건 나니까."

성녀 아셀은 당황해서 그렇게 말하고는 발을 돌리려 하는 레오니아를 붙잡아 세웠다.

지금은 휘몰아치는 바닷바람에 앞 머리카락이 마구 휘날리고 있어서 삼백안 기미가 있는 검은 눈동자가 보였지만, 평상시 레오니아의 얼굴은 길게 자란 앞 머리카락에 덮여 있다. 몸에 걸친 법의도 바람에 날릴 필요도 없이, 원래부터 무참할 정도로 매무새가 흐트러져 있었다.

귀부인처럼 옅게 화장을 하고 항상 옷매무시를 완벽하게 가다듬고 있는 나딜. 선선대 성녀로서 냉혹할 정도인 근엄함으로 잘 알려진 솔라스카. 레오니아가 그 두 사람과 같은 '날개의 기도' 교단 급진파에 속한다고 생각하니 아셸은 신묘한 기분이 들었다.

둘과는 어울리지 않는 그런 레오니아였기에 아셸은 그에게 호감을 느끼고 있었다.

그랬기에…… 따로 불러내 확인하고 싶은 점이 있었다.

레오니아의 졸린 듯한 삼백안을 똑바로 바라보며 아셸은 단도직입적으로 본론으로 들어갔다.

"—유란에게 하늘의 심판이 내렸다. 급진파 녀석들은 시건방지게 나발을 불면서 돌아다니고 있지만, 실제로는 어떠한가? 나는 그것이 알고 싶다."

레이덴 아즈베르그 지방에서의 실패를 설욕하려 한 유란은 실딘 왕국 재상가인 스탕발의 피를 이은 온건파의 유력자였다. 실딘 왕가의 간첩이라는 소문이 끊이지 않았지만, 당대 아셸의 신랑 후보였기도 했던 남자였다.

신을 믿지 않기로 악명 높은 아즈베르그의 영주, 카슈반 라이센을 처리하려던 계획까지는 좋았다. 그러나 그 과정에서 지방백에게 고귀한 피를 흘리게 하는 폭거에 나섰기에 신은 유란에게 죽음을 내리셨다.

나딜이나 솔라스카는 거듭 그렇게 말했다. 그러나 어딘지 수상하다고 아셀은 생각하고 있었다. 한때는 온건파로 전향했던 레오니아가 아무리 유란이 죽었다고 해도 또다시 급진파로 되돌아가다니…… 게다가 나딜과 솔라스카가 용납하다니. 뒷거래가 있었다고밖에 생각할 수 없었다.

아무리 '날개의 기도'에서 '온건파', '급진파'라는 호칭 사이에 '우선은 유화책을 쓰자'와 '방해꾼은 가급적 신속하게 배제하자' 정도의 차이밖에 없다고 하더라도 말이다. 양 파벌은 이 아주 작은 차이를 극복하지 못하고 오랜 시간 동안 추하게 싸워댔다.

"보고라면…… 이미……."

"들었다. 그러나 다시 한번 직접 네 입을 통해 듣고 싶다."

말을 얼버무리고자 하는 열의조차 없는, 그저 단순히 귀찮아하는 듯한 레오니아의 중얼거림을 아셀은 중간에 가로막았다. 소리가 되지 못한 말을 시선에 담아 지그시 대답을 기다렸다.

그러나 레오니아의 대답은 아셀이 바라던 것이 아니었다.

"유란 님에게는…… 하늘의 심판이 내려졌습니다……."

아셀은 가벼운 실망감을 한숨으로 바꾸어 토해내기만 했다.

그를 책망할 생각은 없었지만, 아셀은 그래도 미련을 버릴 수 없었다. 이번에는 다른 각도에서 더욱 대담한 질문을 던져보았다.

"레오니아. 너 정도의 남자가 왜, 솔라스카는 둘째 치고 나딜 같은 자가 말하는 대로 움직이지?"

아셀이 레오니아에게 호감을 품고 있는 이유는 비단 그가 아무렇지도 않게 단정치 못한 꼴을 하고 다니기 때문만은 아니었다. 레오니아는 이래 보여도 손재주가 좋았고, 또 전혀 도움이 되지 않기로 유명한 견습 성직자를 돌봐주기도 했다. 그 모습에 아셀은 나른해 보이는 겉모습 속에 뭔가를 품고 있다는 느낌을 받았다.

그러나 아셀의 기대는 또다시 배신당했다.

"거스르기도…… 귀찮기 때문입니다……."

더할 나위 없이 레오니아다운 대답에 아셀은 조금 전보다 더 크게 한숨을 쉬었다.

"……과연. 네가 뭐든 귀찮아하는 인물이라는 사실은 들어 알고 있다."

그를 너무 과대평가했을까. 아셀은 그런 생각에 자조적인 미소를 띠었지만, 그런 소녀에게 레오니아는 특별히 아무 반응도 나타내지 않았다. 그것이 아셀의 허무함을 한층 더 부채질했다.

알고 있지 않았던가. 특기라는 발명조차도 레오니아에게는 귀찮음을 해소하기 위한 수단에 지나지 않았다.

교단에 들어온 것 자체가 손쉽게 의식주를 확보하기 위해서였다. 원래는 좋은 가문 출신이라는 데도 특별히 출세하고자 하는 의욕을 보이지 않는 이유도, 속 편하고 책임이 따르지 않는 지금 위치가 귀찮은 일 없이 딱 좋기 때문이었다.

"이제 됐다."

피로를 느낀 아셀이 레오니아를 쫓아 보내려 했다. 그 순간, 레오니아가 갑자기 이런 지적을 했다.

"꽤…… 지치셨군요……."

그 순간 아셀은 눈을 크게 떴다. 그리고 다음 순간 울컥했다.

대체 누구 때문에 지쳤다고 생각하느냐고 아셀은 조용히 분노했다. 소녀를 곁눈으로 바라보며 레오니아는 다 낡은 법의 주머니에 손을 찔러 넣었다.

"이것을……."

"……이건?"

레오니아가 내민 것은 브로치 크기인 목각 초상이었다. 타원을 그리고 있는 덩굴장미 모양의 테두리 속에서 안경을 쓴 소녀가 웃고 있었다.

나무에 새겨진 초상이면서도 표정이 살아 있는 그 자체가 신기했다. 목각의 소녀는 미소 짓는 정도를 넘어 활짝 웃고 있었다. 만든 사람의 기량이 뛰어나기도 했겠지만, 보고 있는 이쪽도 저도 모르게 끌려들어 갈 정도로 밝게 웃는 얼굴이 인상에 강하게 남았다.

"류크가…… 만든…… 예의 사신 공주의…… 초상입니다……."

류크란 레오니아가 이래저래 돌봐주고 있다고 들은 화가이자 견습 성직자였다.

그리고 사신 공주란 카슈반 라이센이 돈으로 사들여 아내로 삼은 명문가 페이트린의 영애 알리시아였다.

"살아 있을 때도…… 죽은 후에도…… 불편함 없이…… 편하게 지내고 싶다고…… 말했습니다…….."

레오니아가 당돌하게 입에 담은 뻔뻔스러운 말에 아셸은 어처구니없다는 얼굴을 했다. 그런 소녀에게 레오니아는 손에 든 목각 초상을 건넸다.

"아셸님은 성실하십니다……. 너무 성실하셔서…… 지치셨습니다……. 극단적인 예이지만…… 세상에는…… 이런 생각을 하는 자도…… 있습니다."

아셸은 반사적으로 받아 든 초상을 저도 모르게 물끄러미 바라보았다. 그때였다.

"공물을 바치는 건 칭찬할 만한 일이지. 그러나 아무리 성녀 아셸이라고 해도 나이가 꽉 찬 여성과 보는 사람도 없는 곳에서 단둘이 있는 일은 그다지 칭찬할 수가 없군, 레오니아."

바람에 흐트러진 선홍색 머리카락을 쓸어 올리면서 나딜이 갑자기 모습을 드러냈다.

"그럼…… 저는 이만……."

짧은 인사말을 남기고 레오니아는 이번에야말로 발길을 돌렸다. 상황에 따라 재빠르게 태도를 바꾸는 모습에 아셸은 역시 보통 인물이 아니라고 강하게 확신했다. 그런 아셸에게 나딜이 이런 말을 했다.

"애인이 필요하시다면 좀 더 젊고 잘생긴 사람을 얼마든지 준비해드리지요. 물론, 저와 결혼한 후의 이야기입니다만."

그 천박한 추측에 아셸은 표정에 혐오감을 드러냈다. 그러나 나딜은 신경 쓰는 기색이 없이 말을 이었다.

"유란이 죽은 지금, 눈에 띄는 신랑 후보는 이제 저뿐입니다. 애초에 그를 갑자기 제2계제로 끌어올리신 데는 뭔가 생각이 있어 그리하셨다고 생각했습니다만, 혹 타의로 그러셨는지요?"

"……아니다."

언젠가 나눈 적이 있는 것 같은 대화에 질려 하면서도 아셸은 그의 말을 부정했다. 그러자 나딜은 일부러 그러는 듯이 안도의 미소를 짓더니, 아셸의 손에 쥐어진 초상에 힐끗 시선을 던지며 말했다.

"그렇다면 다행이군요. 당신이 특별히 총애하던 자가 그런 실태를 범하다니, 있어서는 안 되는 일이니까 말입니다."

나딜은 살짝 처진 눈꼬리를 더욱 늘어뜨리며 우아하게 미소지었다. 그러나 그도 잠시, 나딜은 의미심장한 시선을 던졌다.

"그런데 실례이오나 아셸님은 저와의 결혼에 그다지 적극적이지 않으신 것 같습니다. 혹시 솔라스카 님처럼 성직자가 되고자 바라십니까?"

솔라스카는 성녀의 자리에서 내려온 후, 성직자가 되었다. 그때, 솔라스카가 어떤 소동을 일으켰는지 나딜도 뻔히 알고 있을 터. 그러면서도 아무렇지도 않게 그런 소리를 입에 담았다.

아셸은 그가 한층 더 싫어졌다. 그러나 나딜은 계속해서 좀 더 아슬아슬한 질문을 해 왔다.

"그렇지 않으면 파시아 님처럼 되고 싶으십니까?"

파시아.

선대의 성녀 아셸. 당시 '날개의 기도' 교단 제1계제에 있던 노틀레와 결혼해 성녀의 자리에서 내려와 인간의 이름을 대게 된 여인.

그런 파시아가 지금 어떤 상태에 빠져 있는지 물론 모를 리 없을 텐데.

"……말조심하라, 나딜."

"실례했습니다. 그럼 저도 물러나지요……. 그러나 적어도 작별 인사만이라도……."

미소를 짓는 나딜의 손이 뻗어 와 아셸의 손을 잡으려 했다.

순간 아셸이 몸을 크게 뒤로 뺐다. 나딜은 쓴웃음을 지었다.

"죄송합니다. 남성에게 익숙지 않은 당신에게는 자극이 좀 컸던 모양이군요."

"—말조심하라 했을 텐데."

어조를 강하게 해 아셸이 말을 반복하자, 나딜은 말없이 손을 거두었다. 손가락 끝까지 칠한 분을 본 아셸의 혐오감이 더욱 강해졌다.

인사를 한 나딜이 시야에서 사라진 순간, 아셸은 또다시 크게 한숨을 쉬었다. 축 늘어뜨린 손에 시선을 주자, 초상 속에는 알리시아의 걱정거리라곤 없어 보이는 낙천적인 웃는 얼굴이 있었다.

"별난 자라고 들었지만…… 내키지 않는 결혼을 했으면서도 너는 이렇게 웃을 수 있는가……."

초상의 정교한 음각을 손끝으로 더듬으면서 아셀은 바다를 향해 돌아섰다.

"……만나보고 싶다."

이룰 수 없는 꿈이라는 사실은 잘 알고 있다. 성녀에게 그런 권력은 없다. 그렇기에 소녀의 독백에는 절실한 울림이 담겨 있었다.

[제1장] 태풍의 도래

실딘 왕국의 북쪽 변경, 아즈베르그 지방.

기복이 심한 척박한 토지는 1년 내내 서늘했지만, 때는 마침 겨울의 초입이었다. 이 시기의 풍물인 천둥이 울려 퍼질 때마다, 다른 지방에서는 계속 줄고 있다는 국교 '날개의 기도' 교단의 경건한 신자들은 저마다 가르침 구절을 외며 이제부터 시작될 길고 긴 고통스러운 겨울에 대비한다.

그런 아즈베르그 지방에서도 더 북쪽에 있는 검은 숲 더 깊숙한 안쪽에 영주의 저택이 세워져 있다.

저택 여기저기 장식된 날개 달린 괴물 상, 저택 뒤편에 있는 폐허가 된 장미 화원, 정원에 늘어선 검은 거석 군집 등등. 기분 나쁜 물건만을 모아놓은 듯한 검은 저택은 저택 내부마저도 칠흑과 심홍색으로 통일된 악취미적인 구조를 하고 있었다. 그런 연유에서 이 저택은 '하르바스트 장미 저택' 혹은 '라이센 돌 저택'이라고 불렸다.

밤하늘을 둘로 찢으며 내달리는 벼락이 무서울 정도로 잘 어울리는 이 저택 홀에서는 무대에 걸맞은 광경이 연출되고 있었다.

"꺄아아아악!"

한낮이라고 착각할 정도로 강한 빛보다 한 박자 늦게, 귀를 찢을 듯이 울려 퍼지는 뇌성에 소녀의 고성이 겹쳐졌다.

"오지 마세요……."

얼굴에서 어긋난 안경테를 가볍게 누르며 가느다란 목소리로 중얼거리는 황갈색 머리카락을 지닌 소녀. 이름은 알리시아 라이센. 과거 이곳보다 남쪽에 펼쳐진 페이트린 지방을 다스렸던 지방백, 페이트린 가의 영애였다.

전 남편을 살해했다는 불길한 일화에서 '사신 공주'라는 별명을 얻고, 이 라이센 가에 시집온 때는 올봄이었다. 수많은 소문과는 반대로 외모는 그럭저럭 귀여운 수준으로 평범했다.

"오, 오지 마세요. 오지 말아요……!"

부츠가 바닥을 차는 소리가 나면서 키가 큰 검은 머리카락의 남자가 고개를 도리도리 젓는 알리시아 앞으로 천천히 다가왔다. 겁먹은 야생 토끼를 앞에 둔 늑대처럼 발걸음은 여유에 가득 차 있었다.

검은색 일색으로 몸을 감싸고 입꼬리에 옅은 미소를 매달고 있는 그는 알리시아의 남편인 '강'공작 카슈반 라이센이었다. 아즈베르그의 모든 이가 '아즈베르그의 폭군'이라고 부르며 두려워하는 자이자, 명문가의 피를 이은 아내를 돈으로 사들인 남자였다.

"왜냐? 알리시아."

대담한 미소를 지은 채, 카슈반은 체구가 작은 아내의 정수리를 위에서 내려다보듯이 하며 말했다. 하녀의 피를 이은 벼락출세한 귀족이라는 평판을 받는, 우아함보다는 우락부락한 인상이 두드러지는 얼굴에 잘 어울리는 표정이었다.

"왜 그렇게 싫어하지?"

낮게 속삭이는 목소리와 아내를 내려다보는 검은 눈동자에는 위험한 요염함이 깃들어 있었다.

바로 뻗어 온 손에 팔이 잡힐 것 같아서 알리시아는 움찔 몸을 움츠렸다.

"그, 그게…… 꺄악! 번개!!"

가까운 곳에 떨어졌을까. 이번에는 빛이 번쩍임과 동시에 굉음이 울렸다. 알리시아가 크게 소리를 질렀다.

단, 비명이 아니라 환성이었다. 아내는 갑자기 남편을 제쳐놓고 푸른 눈동자를 반짝반짝 빛내며 창틀에 달라붙었다.

"꺄아~ 또! 대단해요. 지금 것 보셨나요? 카슈반 님?! 하늘이 새하얗게 빛나고, 나무 그림자가 하얀 하늘에 떠올라서는! 저, 책에서 이런 삽화를 몇 번인가 본 적이 있답니다!!"

그러나 명문가라고는 해도 이름뿐, 페이트린 가는 이미 오래전에 몰락했다. 빈곤하게 살아온 알리시아는 싸게 입수할 수 있는 공포 소설을 무척이나 좋아하게 되었다.

색기 넘치는 분위기가 단숨에 깨지는 바람에 카슈반은 풀이 죽었다. 그러나 알리시아는 그런 남편에게 전혀 개의치 않으며 들떠서 꺅꺅 소리를 지르며 수선을 피웠다.

"뇌성이 울려 퍼지는 가운데, 술래잡기하다니. 그야말로 딱 공포 소설감이에요! 쫓아오는 건 역시 흡혈귀일까요? 주인공은 도망을 다닐까요, 그렇지 않으면 가르침 구절을 읊조릴까요? ……꺅?!"

책에서 읽은 대로라고 기뻐하면서 뒤를 돌아본 순간, 억지로 끌어안겼다.

"앗…… 그, 가까이 오지 마시라고 말씀드렸는데……."

갑자기 찾아온 '배가 아픈' 감각에 알리시아는 아픈 부위를 가볍게 누르면서 얼굴을 붉혔다. 그러나 손이 누르고 있는 부위는 배보다 약간 위쪽으로, 그곳의 볼륨은 동년배 여자의 평균을 크게 밑돌고 있었다.

"번개 같은 것에 정신이 팔렸으니까 그렇지. ……정말이지 무서워하면서도 또 기뻐하는군."

아즈베르그 지방에서 태어나고 자란 카슈반에게는 겨울의 시작을 알리는 번개 따위는 보고 있으면 화가 날 뿐, 별다른 것이 아니었다.

아내의 주의가 온통 그것에 쏠려 있는 점도 마음에 들지 않는 듯, 카슈반은 알리시아의 턱을 잡아 위를 쳐다보게 하였다.

"─여길 봐, 알리시아. 나는 적어도 지금은 공포 소설 놀이보다는 연애 소설 놀이를 하고 싶은데."

여유를 되찾는 눈동자와 목소리로 하는 말을 듣자, 알리시아의 귀에서 지금도 격렬하게 울려 퍼지는 뇌성이 멀어졌다.

대신 심장 박동과 '배가 아픈' 감각이 한층 강해졌다.

이대로 있으면 '배탈이 났다'는 수준에 달해버릴 욱신거림과 현기증을 느끼면서도, 알리시아는 열심히 대꾸할 말을 찾았다.

"앗, 아, 그, 그러신가요……? 카, 카슈반 님이 바라신다면……."

"그럼 말해줘. 날 '좋아한다'고."

다시금 그런 요구를 받고 알리시아는 뺨이 달아오르는 감각을 느꼈다. 도망치듯이 고개를 숙이는 귓가에, 카슈반은 소리 없이 웃으며 속삭였다.

"생일 선물 대신에 단 한마디, 그 말을 해달라고 부탁하고 있을 뿐이다. 그런데 왜 이렇게 도망치지? 말뿐이라면 싸게 먹힐 뿐더러, 얼마 전까지는 쉽게 말해줬잖아."

마음고생 할 일이 많았던 인생 탓인가. 겉보기에는 30대 같다는 말을 자주 듣지만, 사실 오늘은 카슈반의 스물세 번째 생일이다. 축하연은 집안사람들만 모여서 하기로 했는데, 그 자리에서 남편은 아내에게 난데없이 그런 요구를 했다.

"그건……."

분명히 알리시아는 몇 번이고 카슈반에게 '좋아한다.'고 말했다.

부자에 상냥하고 관대한, 나의 이상적인 서방님, 좋아합니다, 라고 말이다. 주위 사람들 모두에게 고하듯이, 매우 당연하게.

하지만 이제 그에게 향하는 감정은 다른 사람들을 '좋아한다'는 것과 명확하게 구별되고 있었다. '특별'하게 '좋아한다'라고 알리시아 자신이 인식하게 돼버렸다.

그랬더니 왜일까.

카슈반에게 '좋아한다'는 단어를 사용하려고만 해도 '배가 아파' 오면서, 아무리 해도 그 한마디가 나오지 않았다.

다른 사람들에게는 지금도 아무렇지 않게 '좋아한다'고 말할 수 있는데, 카슈반에게만 말할 수 없었다.

"부…… 부끄러워, 서……."

여름이 끝날 무렵. '날개의 기도' 교단에 납치되었다가 돌아온 후, 벌써 몇 번인가 이런 상황이 벌어졌다. 그때마다 알리시아는 열심히 자신의 처지를 설명했다. 그러므로 카슈반도 사정을 잘 알고 있을 터였다.

그런데 대체 왜일까. 무슨 일이 있을 때마다 몇 번이고 몇 번이고 '좋아한다'는 말을 하라고 요구한다. 그것도 입가에 황홀한 미소를 띠고 말이다.

"부끄럽다고? 나 같은 남자를 좋아해서 부끄럽다는, 그런 말인가?"

"아, 아뇨, 그런 게……."

알리시아는 입속에서 말을 우물거렸다. 알리시아를 바라보던 카슈반이 시선을 살짝 내리깔았다. 입술에 떠 있던 놀리는 듯한 미소가 사라졌다.

"……그렇지 않으면 내가 벌써 싫어졌는가?"

"아뇨!"

쓸쓸한 듯한 중얼거림을 알리시아는 있는 힘껏 강하게 부정했다.

그러자마자 카슈반은 히죽 웃었다.

"그럼 말할 수 있겠군."

둔하기로 정평이 난 알리시아도 바로 알 수 있을 정도로 뻔히 들여다보이는 낚시질이었다. 속았다는 사실을 알고 저도 모르게 원망하는 말을 입에 담았다.

"최근에 너무 짓궂으세요, 카슈반 님……."

눈가를 붉게 물들이고 애원하듯이 중얼거려봤지만 '배가 아픈' 감각은 강해질 뿐이었다.

무엇보다 이미 대답은 나와 있었다. 짓궂어도, 막무가내여도, 주변의 평판이 아무리 나빠도.

"하지만…… 조, 조……."

마지막 부분은 눈을 꾹 감고 알리시아는 속삭였다.

"조, 조…… 조, 조…… 좋아…… 합니다……."

"……잘했다."

낙뢰 소리에 지워져 버릴 것 같은 사랑스러운 아내의 고백에 카슈반은 보기에도 황홀한 감미로운 미소를 지었다.

눈을 뜨고 그 미소를 확인한 알리시아는 너무 '배가 아파'서 쓰러질 것 같았다. 그러면서도 남편이 재촉하는 대로 까치발을 하며 키스를 보냈다.

"스물세 살이 되신 걸 축하합니다, 카슈반 님."

천천히 입술을 떼면서 다시금 생일을 축하하는 말을 입에 담았다.

"그렇다면, 카슈반 님의 외견은 서른넷이나 되었다는 말이네요……."

"……아니, 그렇게 일부러 맞춰주지 않아도 괜찮아."

처음 대면했을 때부터 알리시아는 남편을 '33살 정도'라고 생각하고 있었다. 쓴웃음을 지은 카슈반은 기습 키스를 함으로써 천진난만한 아내를 조용히 시켰다.

"하지만 생일 선물은 정말 이것만으로도 괜찮으신가요……? 좀 더 이렇게, 호화로운…….."

호화로운, 이라고 말은 했지만 호화로우면서도 카슈반이 기뻐할 만한 선물이 무엇일지 전혀 상상할 수 없어서 알리시아는 고개를 갸우뚱하고 말았다. 좋지 않은 평판과 달리, 카슈반의 생활은 무척 소박했다.

이럴 때는 어떻게 하면 좋을까. 에르티나 님이 보냈을 답장이 시간을 맞추지 못했네요. 알리시아는 여러 가지로 조언을 해주는 선배 유부녀를 머릿속에서 떠올렸다.

"특별히 갖고 싶은 물건은 없군. 뭣보다 네가 내게 호화로운 선물을 하느라 지출하는 돈은 내 지갑에서 나가는데?"

"어머, 그것도 그러네요."

알리시아의 수중에는 자유롭게 쓸 수 있는 돈이 1제달도 없었다. 말을 듣고 보니 그러네. 알리시아는 순순히 고개를 끄덕였다.

"거기에 뭐, 그거다. 네가 바로 내게 주는."

뭔가를 말하려다 말고 카슈반은 헛기침을 했다.

"……아무것도 아니다."

역시 그 말은 너무 창피하지. 그렇게 작게 내뱉는 카슈반은 그 나이 또래 청년의 얼굴을 하고 있었다.

'좋아한다고 말하라'며 압박을 가하는 카슈반에게서 도망치려고 알리시아가 빠져나온 축하연은 저택 1층 식당에서 열리고 있었다.

영주의 생일이라면 좀 더 대대적으로 축하해야 했을지도 모른다. 하지만 이제 슬슬 겨울도 시작되려 하고 있었다. 영민에게 쓸데없는 부담을 주어서는 안 된다는 카슈반의 의향이 반영되어 축하연에는 평소에 저택에 머무는 자만 초대했다.

그러나 식당에 놓인 검은색의 긴 식탁은 알리시아와 요리사단이 협력해서 솜씨를 부려 만든 요리, 폭군이라고 악명 높은 카슈반을 흠모하는 영민이 보내준 요리, 비위를 맞추고 싶어 하는 귀족이 보내온 요리로 가득 채워져 있었다. 규모는 크지 않았지만 연회는 너무 충분할 정도로 따뜻하고 떠들썩했다.

"어라, 의외로 빨리 돌아왔네. 어서 와 알리시아, 카슈반 형님."

또다시 얼굴을 붉게 물들인 알리시아의 어깨를 안고 돌아온 카슈반이 실내에 발을 들이기 무섭게, 루아크가 말을 걸었다. 루아크는 먹을 것이 잔뜩 담긴 접시를 한 손에 들고 생글거리고 있었다.

조금 긴 것 같은 은색 머리카락과 나긋나긋한 몸의 선을 그대로 드러내는 검은 의상이 특징적인 소년은 알리시아의 첫 번째 남편을 살해한 암살자였다. 카슈반의 암살을 의뢰받은 일조차 있었지만, 우여곡절을 거쳐 두 사람의 '아들'이 되었다.

"변함없이 감이 좋군. 흥. 뭐냐, 우리가 돌아오지 않는 편이 맘 놓고 먹고 마실 수 있어 좋았나?"

직업상 가까이 다가오는 자를 앉은 자리에서 바로 판별할 수 있는 것이 루아크의 특기이다.

카슈반은 재빨리 야유를 날려주었지만, 정작 야유를 받은 루아크는 아무 일 없었다는 듯 흘려버렸다.

"음, 그게에. 뒤를 쫓아가서 바로 침실로! 이것도 남자의 로망 아니겠어?"

"아아, 분명히 그렇지. 그러나 나는 좀 더 단계를 밟아서 즐기고 싶다."

루아크가 그런 식으로 놀리는 데에는 어지간히 익숙해졌기 때문에 카슈반은 태연했다.

"어머. 침실로 몰리면 대개, 여자 주인공은 살해당한답니다."

의미를 잘 모르는 알리시아도 기쁜 듯이 그런 말을 중얼거렸을 뿐이다.

"잠깐, 루아크. 카슈반 님께 이상한 바람 불어넣지 말아요!"

태연하게 있을 수 없던 것은 아름다운 붉은 머리와 육감적인 몸매가 눈을 끄는 미인 하녀, 노라였다. 카슈반의 애인을 자칭하고 있는 그녀는 부부 관계가 진전될 것 같은 조짐만 보이면 반드시 방해했다.

"너야말로 언제까지 티르나드 님 곁에 있을 셈이냐, 노라. 주인 부부가 돌아오셨으면 그분들 식사 시중이라도 들라고."

깍깍 시끄럽게 구는 노라에게 차갑게 지적한 자는 검은 머리카락을 하나로 묶고 안경을 쓴 청년 세이그람 알레이였다.

그 말을 듣고 노라뿐만이 아니라 세이그람의 옆에 있던 갈색 머리카락 젊은이가 얼굴을 붉혔다. 전 후견인 유란에게 큰 상처를 입고, 현재 후견인인 카슈반의 저택에서 요양하고 있는 티르나드 레이덴 백작이었다.

"그, 그래, 노라. 저, 먹을 것을, 잔뜩 갖다 줬으니까 이젠 됐어. 아, 그래도 나중에 마실 거라도 갖다 주면 고맙겠는데."

티르나드는 처음 이 저택에 왔을 때와는 비교도 되지 않을 만큼 성장했다. 그래도 여전히 집사 겸 교육 담당인 세이그람에게는 머리를 들지 못했다. 티르나드의 미련이 가득한 말에 노라도 아쉬운 듯한 모습을 보였다.

"아, 알았습니다. 그럼, 그, 나중에 다시 오죠."

긴 식탁의 상석으로 돌아온 라이센 부부와 티르나드를 번갈아 바라보며, 노라는 자리를 뜨려 했다.

그러자 티르나드가 어험, 헛기침을 한 번 했다.

"그, 그런데 노라, 저, 특별히 의미가 있는 질문은 아닌데, 그, 저기, 네 생일은 언제지……?"

"네엣……? 조, 조금 더 뒤인데요……. 그, 그렇다면 저도 말 나온 김에 여쭙겠는데, 레이덴 백작님 생일은 언제시죠……?"

이전부터 수상스럽게 서로 귓속말을 주고받던 티르나드와 노라 사이에는 최근에 티르나드가 상처를 입은 덕분이라고 해야 할까, 아련하고 달콤한 공기가 흐르고 있었다.

서로 대답을 기다리며 몸을 꼬는 두 사람을 보며 세이그람이 입을 열었다.

"노라. 내 생일은 가을이다만, 어지간한 뇌물로는 턱도 없다."

"누가 당신 생일을 물어봤나요?!"

세이그람은 노라를 티르나드의 신부 후보 중 한 명으로서 인정했다. 그래도 여전히 주인에게 명문가의 영애를 붙여주고 싶은 집사는 하녀에게 차가웠다. 소금에 절인 생선을 먹으면서, 알리시아는 늘 있는 말다툼에 돌입한 두 사람을 방실거리며 바라보았다.

"어머, 노라의 생일도 이제 금방이네요. 그럼 조금 빨리 준비를 해야겠네요. 그래요, 노라의 머리카락은 피처럼 붉은색이니까."

"……분명히 피처럼 붉은 보석이라거나 그런 물건이 잘 어울리겠지. 하지만 티르에게 맡기면 돼."

또 엉뚱한 결론을 내릴 게 틀림없는 아내의 말을 카슈반이 재빨리 옆에서 가로챘다. 동시에 꼬치에 끼워 튀긴 새고기를 나누어주었기 때문에, 알리시아는 '고맙습니다'라고 말하고 기쁜 듯이 먹기 시작했다.

그 익숙한 솜씨에 루아크가 감탄했다는 미소를 띠며 중얼거렸다.

"에헤헤, 하지만 좋은걸. 생일은 무척 즐겁구나. 나한테도 생일이 있으면 좋겠다."

루아크 본인에게는 특별히 의미가 있는 말은 아니었던 모양이었다.

그러나 루아크가 경박한 태도와는 다르게 힘든 삶을 살아왔음을 아는 일동은 일제히 굳어버렸다.

실딘 왕가와 '날개의 기도' 교단은 자신이 태어난 날조차 모르는 의지할 곳 없는 고아만을 모아 암살 부대 '장난감 군대'를 조직했으리라.

"아— 음 그러니까 여러분 미안. 음, 그게…… 알리시아, 이거, 피네 너츠 들어간 쿠키래. 맛있으니까 먹어봐."

앞선 카슈반과는 거꾸로, 루아크는 유일하게 굳어버리지 않은 알리시아를 이용해 자리의 분위기를 바꾸려고 했다.

"어머, 고마워요. 루아크. 저기, 루아크에게는 생일이 없나요?"

물론 알리시아는 그런 배려 따위는 전혀 읽지 못했다.

"어, 그러니까…… 없다, 고 해야 할까, 언젠지 몰라. 뭐, 세상엔 그런 일도 있어."

"……알리시아, 좋은 걸 줄 테니 여기 좀 봐라."

카슈반이 이번에는 튀긴 과자를 알리시아의 입에 직접 밀어 넣으려 했다. 그러나 그보다 알리시아가 말을 잇는 쪽이 빨랐다.

"그럼 축하해줄 수 없겠네요. 그러니까 오늘을 루아크의 생일로 하죠."

모르면 만들면 된다고 알리시아는 카슈반을 올려다보며 시원스럽게 제안했다.

그 바람에 입가에 와 있던 튀긴 과자가 입술에 닿았기 때문에 '고맙습니다'고 인사를 하고는 먹기 시작했다.

혼자서 우물우물 과자를 먹어치우고는 알리시아는 말이 없는 일동을 곁눈으로 바라보며 카슈반에게 미소를 지었다.

"어떤가요? 카슈반 님. 그러면 기억하기도 쉽고, 매년 함께 축하할 수 있으니까 경제적이랍니다."

"……그렇군."

쓴웃음을 지은 카슈반은 천연덕스러운 얼굴을 하면서 루아크를 보았다.

"그렇단다. 생일 축하한다, 루아크."

"……자기 생일에 나한테 생일을 만들어주는 거야? 당신도 알리시아도 참……."

루아크는 혼자 중얼거리고는 수줍은 미소를 띠었다.

"……그렇다면 알리시아와 카슈반 형님 한가운데 날이 좋겠어. 두 번으로 나누어 생일잔치를 벌이면 좀 비경제적이지만, 그만큼 몇 번이나 맛있는 음식을 먹을 수 있다고. 알리시아."

"어머. 좋은 생각이네요, 루아크! 그럼 루아크의 선물도 준비해야겠네요."

방긋 웃은 알리시아가 루아크가 준 쿠키를 우물거리기 시작했다.

이를 계기로 실내에는 또다시 밝은 술렁거림이 돌아왔다.

"하지만 저도 즐거워요. 이렇게 떠들썩한 생일 축하연은 처음이거든요……."

알리시아는 부모가 귀족다운 허세를 버리지 못한 탓에, 몰락을 받아들이지 못한 시대에 뒤처진 멍청한 사람들이라고 경멸당해왔다. 거기에 기괴한 취미도 한몫 더해서 페이트린에 있을 때, 알리시아에게는 친구가 한 사람도 없었다. 부모님 이외에 다른 누군가가 생일을 축하해준 적도, 부모님 이외에 다른 누군가의 생일을 축하해준 기억도 없었다.

"생일 축하 선물도 잔뜩 도착했어요. 우후후, 다행이에요. 카슈반 님은 적도 많지만, 아군도 그만큼 늘어났어요."

악의 없는 알리시아의 말을 그렇군, 하고 흘려 넘기며 카슈반은 질문했다.

"그런데 알리시아. 네 생일은 분명 봄이었지. 뭔가 갖고 싶은 물건이라도 있나?"

상냥한 눈을 한 남편이 묻는 말에 알리시아는 아뇨, 하며 고개를 저었다.

"그게 저는."

"……돈에 팔려 온 신부라고 말하고 싶은가?"

연기가 아니라 카슈반이 진짜로 쓸쓸한 눈을 했다. 그런 남편의 모습에 알리시아는 흠칫해서 다시 한번 고개를 저었다.

"앗, 아뇨, 하지만…… 정말로, 없답니다."

살 곳이 있고, 매일 제대로 된 식사를 할 수 있기만 해도 알리시아는 충분히 행복했다. 게다가 카슈반은 페이트린의 저택이 황폐해지지 않도록 제대로 손질해주고 있었다. 그보다 멋진 선물은 생각나지 않았다.

"그렇게 말하겠다고 생각하긴 했다만…… 그런데 드레스나 보석을 원하지 않는다면 선물을 주기가 의외로 곤란하군."

그렇게 말하면서 카슈반은 왜인지 갑자기 알리시아의 손을 잡았다.

갑작스러운 행동에 '배가 아파' 와서, 알리시아는 얼굴을 붉게 물들였다. 하지만 카슈반의 동작은 애정을 표현하기 위해서가 아닌 듯했다.

묘하게 열심히 알리시아의 약지를 자신의 손가락과 비교하고 있었다.

"카슈반 님, 왜 그러시죠?"

"아니, 디네로가 말이야."

이 지방의 지방백이자 아즈베르그 가 당주이며, 얼마 전에 '결혼하지 않겠다'는 선언을 해 추종하던 자들을 경악하게 만들었던 미청년. 알리시아는 그의 얼굴을 머릿속에서 그렸다.

"디네로 님께 무슨 일이라도 있으신가요? 그러고 보니 디네로 님도 생일 선물을 보내주셨죠. 뭘 주셨을까요."

"내게 보냈다기보다는…… 그, 뭐, 갖고 싶은 게 생기면 빨리 말해라."

갑자기 당황한 목소리를 내며 카슈반은 이야기를 흐지부지 끝냈다. 그때였다.

"생일 축하란 건 좋구나. 저기 저기 알리시아, 내 생일은 여름인데."

뻔뻔한 소리를 늘어놓으며 가까이 다가온 것은 고용인 주제에

치장을 한 갈색 머리의 젊은이였다.

표정이 휙휙 잘도 바뀌고, 붙임성도 좋으며 애교까지 만점인 류크는 라이센 저택에 가장 최근에 들어온 고용인이었다.

농민으로 태어난 류크는 화가를 목표로 삼았지만 납기를 지키는 재능이 없었다. 먹고살기 막막해져서 '날개의 기도' 교단의 견습 성직자가 되었다가, 지금은 이곳에서 종복이 맡는 일을 하고 있었다. 교단과 성녀 아셸에 관한 정보는 알고 있는 만큼 다 토해냈지만, 여전히 라이센 저택에 머물고 있었다.

'부디 쫓아내지 말아 주세요! 잔뜩 떠들어댔다는 사실이 발각나면 교단에 살해당할 거예요! 게다가 혼자서는 아즈베르그의 겨울을 절대 못 넘겨요'라고 카슈반에게 울며불며 달라붙은 결과였다.

"어머, 그러고 보니 류크는 초상을 조각해주기도 했었죠. 그럼."

"그보다 뭔가 잊은 건 없나? 류크."

솔직하게 대답하려는 알리시아의 말을 카슈반이 쌀쌀맞게 가로막았다.

"엣? ……에헤헷."

분위기가 심상치 않게 돌아가고 있음을 느껴서일까, 류크가 애매한 미소를 띠며 도망치려고 했다. 자리에서 일어선 카슈반이 류크의 왼쪽 손목을 낚아챘다.

"이미 시간이 꽤 지난 일이라고 아는데. 생일 축하 선물로 내 초상화를 그려주겠다던 이야기는 어떻게 됐지?"

"……에헤헤헷."

류크는 필사적으로 웃어넘기려고 하면서 잡힌 손을 흔들어 도망치려고 했다. 그러나 카슈반은 꿈쩍도 하지 않았다. 변덕쟁이 화가를 바라보는 눈은 날카로워서, 변명은 용서하지 않겠다는 분위기를 띠고 있었다.

"밑그림은 다 그렸다는 이야기를 며칠 전에 들었지. 밑그림을 본 기억은 없지만 말이다……. 나는 절대 그림에 정통하지는 않지만, 그림이란 며칠 만에 밑그림을 채색해서 완성할 수 있는 것인가?"

"죄, 죄송합니다. 사실 전혀 그리지 못해아야야!"

말을 끝까지 하기도 전에 카슈반이 전력으로 손목을 비틀어 올렸다. 그 바람에 류크는 비명을 질렀다.

이전에 다쳤던 오른손을 비틀어 올리지 않아 그나마 다행이었다. 그러나 여러모로 하고 싶은 말이 쌓여 있었는지 카슈반의 힘에는 용서가 없었다.

"뭐든 할 테니까 쫓아내지 말아 달라고 아우성치기에 겨우 저택에서 일하게 해주었더니…… 잡일을 시키면 건성으로 하다가 갑자기 낙서를 시작하지 않나, 그림을 그리라고 하면 납기를 못 지키지 않나. 내 자비심도 슬슬 바닥나고 있다."

처음부터 자비심의 용량이 절대 크지는 않았던 카슈반이다. 그러나 과연 류크도 카슈반의 자비심 용량을 지적한다는 우를 범하지 않았다. 대신 가여운 목소리로 해명했다.

"아니, 그게, 카, 카슈반 님은 바쁘셔서 제대로 얼굴을 볼 시간도 거의 없었고요……! 거기다 그, 아버지의 초상화에 지지 않으려고 했더니 한층 더……."

"……아버지?"

메마른 목소리로 중얼거린 카슈반의 움직임이 멈추었다. 동시에 축하연의 공기가 얼어붙었다. 알리시아도 어머, 하고 작게 숨을 들이켰다.

카슈반은 결국 자기 자신이 직접 손을 댔을 정도로 아버지인 레디오르 하르바스트를 싫어했다. 아즈베르그 지방에서는 알리시아조차 알고 있는 상식이었다.

루아크가 머무르는 저택 안 숨겨진 방에는 전 영주의 초상화가 걸려 있다. 솜씨가 뛰어난 화가가 그린 그림에는 레디오르가 품고 있던 광기까지도 확실하게 그려져 있었다.

"너, 아버지의 초상화를 보았나……?"

차가운 공기를 알아차리지 못한 류크는 필사적으로 변명을 늘어놓았다.

"그그그그게, 그 그림은 정말 대단한 화가가 그렸거든요……! 또 부자 사이라고 카슈반 님과 얼굴이 닮아서 그 그림이 좀처럼 머리에서 떠나지 않아서 말입니다……!! 카슈반 님 초상화를 그려도 그려도 잘 안 되더라고요."

"죄, 죄송합니다, 카슈반 님. 제 잘못입니다."

파랗게 질린 얼굴로 이름을 댄 자는 식사 시중을 들고 있던 연배가 있는 하녀, 세일러였다.

"이곳에서는 제대로 된 그림 도구를 손에 넣을 수 없어서,

류크 군이 그림을 그리지 못해 곤란함을 겪고 있어서 말입니다……. 이전에 오셨던 화가께서 남기고 간 물건이 있다고 이야기했다가, 결국 그…… 그 그림 얘기도……."

숨겨진 방은 알리시아가 올 때까지는 이곳에서 일하는 사람에게조차 존재가 알려져 있지 않았다. 그러나 지금은 루아크가 그곳에서 살기 때문에 세일러가 청소를 하러 드나든다. 그러다가 그림 도구를 발견해 류크에게 얘기했다가 결국 류크를 그 방까지 안내한 모양이었다.

"류크 '군?'."

의아해하는 카슈반에게는 아랑곳하지 않고 류크는 살았다는 얼굴로 속사포처럼 말을 쏟아냈다.

"아, 그렇습니다. 카슈반 님! 그게, 저 말이죠. 그림을 그릴 도구를 갖고 오지 않았고, 이곳에서는 의외로 제대로 된 도구를 손에 넣을 수 없어서요. 어쩔 수가 없었다니까요!"

"그래요, 카슈반 님. 더 힘을 주시면 류크는 왼손도 사용할 수 없게 돼요. 적어도 그림을 다 그린 후에 해주세요."

아슬아슬한 대사를 내뱉으며 알리시아도 가세했다. 그러자 오른쪽 왼쪽으로 도망갈 길을 찾는 류크를 보던 카슈반의 눈이 문득 상냥해졌다.

류크도 변화를 알아차리고 안도해서 미소를 지었다. 그 순간.

"시골이라 미안하다. 대답했으니 앞으로 이틀 내에 다 그려라. 그렇지 못하면 쫓아낼 테다."

"그럴수가아아아아아아?!"

으름장 섞인 목소리로 명령하자, 류크는 아우성을 치면서 도 망쳤다.

대신 세일러가 깊게 깊게 카슈반에게 머리를 숙였다.

"정말로 죄송합니다……! 너무 궁지에 몰린 것 같아서, 저도 모르게."

"……저 녀석은 정말로 궁지에 몰리지 않으면 그림을 그리지 못하는 것 같은데 말이야."

좀 더 따끔한 맛을 보여주는 편이 좋았다고 카슈반은 조금 전 까지 류크의 손목을 잡았던 손을 쥐락펴락했다. 주인에게 세일 러는 조심스럽게 진언했다.

"저…… 카슈반 님. 뻔뻔스러운 부탁을 드립니다만, 너무 류 크 군을 괴롭히지 말아주시겠어요? 분명히 그다지 도움이 되지 않는 아이이긴 합니다. 그래도 언제나 밝은데다가 식탁보에 귀 엽게 무늬를 수놓아주거나 하는 착한 아이랍니다."

대가 바뀔 때, 이 저택에서는 많은 고용인이 도망쳤다. 현재 일하는 사람들은 대부분이 카슈반을 '카슈'라는 애칭으로 부를 수 있는 세대인 사람이었다. 영지 내에서 평판이 점차 개선되어 가고 있다고는 해도, 악명 높은 폭군의 저택에서 일하려는 자는 좀처럼 보기 힘들었다.

그런 때 저택에 굴러 들어온 류크는 세일러도 인정했듯이 대 단히 도움이 되지는 않았다. 그래도 애교만큼은 만점이었다. 세 일러와 이쪽을 힐끔힐끔 보고 있는 단 등 나이 많은 고용인은 손 자뻘인 젊은이의 존재를 마음에 들어 하는 듯했다.

"그렇습니다, 카슈반 님. 그림에 관한 일은 나중에 엄하게 꾸짖겠습니다만…… 류크는 그렇게 나쁜 사람은 아닙니다."

확실하게 쐐기를 박듯이 옆에서 말을 더한 자는 금색 머리카락을 가진 성실해 보이는 청년이었다. 카슈반의 소꿉친구이며 집사로서 항상 곁에 머물고 있는 트레이스였다.

"……트레이스, 너까지 저 바보 편을 들고 있나……?"

노라와 다르게 좀처럼 주제넘은 행동을 하지 않는 세일러나, 처음에는 솔선해서 류크를 꾸짖었던 트레이스다. 류크를 편들어주는 발언에 카슈반은 불쾌한 듯 얼굴을 찌푸렸다.

"게, 게다가 말입니다……. 저, 초상화라면 사실 저도 이런 것을 그려보았습니다."

트레이스가 손을 뒤로 돌려 숨기고 있었던 그림 한 장을 머뭇머뭇 내밀었다.

그 광경을 보고 쿠키도 타르트도 모조리 해치운 알리시아가 흥미를 내보였다.

"어머, 리고인가요?"

리고란 페이트린 지방에서는 일반적으로 나는 과일이다. 가늘고 긴 붉은색 열매로, 단맛이 강해서 과자 재료로도 자주 사용한다.

"예? 아뇨, 카슈반 님이십니다만."

트레이스가 사뭇 의외라는 표정을 지었다. 그러나 카슈반도 이번만큼은 알리시아에게 찬동했다.

"잠깐 기다려라, 트레이스. 나치고는 너무 빨갛다고 할까…… 전신이 다 빨갛잖아."

조심스럽게 카슈반이 지적했듯이 트레이스가 그린 그림에는 명도의 차이는 조금 있었지만 빨간색 이외에는 색이 보이지 않았다. 알리시아도 다른 의문을 입에 담았다.

"리고라기보다 찌부러진 리고네요. 저기, 트레이스. 이게 카슈반 님의 본체라고 하면 이쪽에 있는 건 카슈반 님의 뭐죠? 분신? 그렇지 않으면 머리?"

"아뇨, 알리시아 님입니다."

알리시아는 나란히 서 있는 붉은색 타원형 물체 중 작은 쪽을 가리키며 질문했다. 그 질문에 트레이스는 다시 의외라는 듯이 대답했다.

"어머, 저인가요? 전혀 몰랐어요."

천진난만하면서 동시에 무신경하게 맞장구를 치며, 알리시아는 카슈반에게 미소를 지었다.

"부부란 점점 닮는다고 하니까요. 저희, 결혼하고 나서 1년 가까이 지났잖아요. 모르는 사이에 이렇게 서로 닮아버렸네요!"

"아니, 그거랑은 뭔가 다른데……."

그 말에 '두 분의 어디가 닮았다는 겁니까……?'라고 트레이스는 의아해했다. 그러나 연회에 관해 지시를 받으러 온 고용인 한 명이 부르는 바람에 더는 질문을 하지 못하고 그대로 자리를 떠났다.

대신 루아크가 작은 목소리로 속삭였다.

"트레이스 씨, 얼마 전부터 조금씩 류크 씨에게 그림을 배우고 있어. 원래 그림 그리는 걸 좋아했던 모양이야."

"……그렇더군. 분명히 옛날에 이 저택에 드나들던 화가 뒤를 졸랑졸랑 쫓아다녔던 것 같은데……. 류크 녀석, 그런 곳에서 점수를 벌고 있었나."

불쾌해하는 카슈반의 말에 이끌려, 알리시아도 그러고 보니 하고 입을 열었다.

"루아크, 요전에 트레이스와 검술 연습을 하지 않았나요?"

"아아, 응. 최근에 일이 많았으니까, 전투에 필요한 능력을 키워두고 싶다고 해서 말이야. 단순히 소꿉친구라서 중요한 직책을 맡고 있다는 평을 받기는 싫다, 카슈반 형님의 걸림돌이 되고 싶지 않다고 하더라고."

루아크가 이번에는 세이그람에게 시선을 던졌다. 노라와의 언쟁은 이미 끝났지만, 이번에는 자랑거리인 채찍을 손에 들고 티르나드에게 설교를 하고 있었다.

"그러고 보니 세이그람 씨에게도 집안일을 처리하는 방법을 배우고 있는 모양이던데. 트레이스 씨는 집사가 되기 위한 교육을 받지 않았으니까, 그 점을 꽤 신경 쓰고 있어."

집사 및 가령 등 집안의 대소사를 도맡아 관리하는 상급 고용인이 되려면 일반적으로는 전문적인 교육을 받아야 한다. 카슈반의 아버지가 건재했을 때부터 이 저택에서 일하던 트레이스는 읽고 쓰기는 할 수 있지만, 중요한 직책에 걸맞은 훈련을 받지는 않았다.

"……그래 보이더군. 그런데 루아크, 또 훔쳐봤나?"

카슈반도 어렴풋이나마 트레이스가 집사가 되기 위한 교육을 받지 못했다는 점을 신경 쓰고 있다는 사실을 눈치채고 있던 모양이었다. 깊게 한숨을 내쉬었다.

　"루아크와 세이그람의 능력을 겸비하면 분명히 엄청나질 테지. 그러나 지금 트레이스에게 딱히 불만은 없다……. 그 녀석에게 가장 중요한 역할은 내가 너무 지나칠 때 간언하는 일이야. 무엇보다 트레이스가 네 녀석들처럼 되는 건 싫다."

　트레이스가 휘두른 채찍에 얻어맞는 미래라도 상상했을까, 카슈반이 얼굴을 찡그렸다. 그런 남편에게는 아랑곳하지 않고 알리시아는 천진난만한 목소리를 냈다.

　"하지만 루아크와 세이그람의 능력에 류크의 그림 그리는 능력이 더해지면 그야말로 최강이겠네요!"

　3인 합체하면 강할 것 같다. 그렇게 말하는 알리시아는 즐거워 보였지만, 카슈반은 그다지 내키지 않는 얼굴이었다.

　"……뭐, 분명히 조금 전 트레이스의 그림에는 상당한 파괴력이 있긴 했지……. 요리 솜씨도 꽤 심각하다고……. 그걸 볼 때, 노력 자체가 나쁘다는 말은 아니다만……."

　한층 더 비참한 미래가 살짝 엿보였는지, 카슈반은 미간에 주름을 모으며 고시랑 거리기 시작했다.

　그때 트레이스가 다시 돌아왔다.

　"어머, 트레이스. 이번에는 무슨 일이죠?"

　알리시아는 아무렇지도 않게 조금 전까지 화제로 삼았던 그의 이름을 불렀다. 반면 카슈반은 머쓱해졌는지 시선이 잠시 허공을 헤맸다. 트레이스는 자신이 화제가 됐다는 사실은 전혀 눈치채지 못한 모양이었다. 얼굴에 곤혹스러움과 긴장감이 떠돌고 있었다.

"……카슈반 님, 실은 왕가의 사자라고 이름을 대는 분이 찾아왔습니다."

"뭐라고?"

그 즉시 카슈반도 표정을 바로 했다.

"이런 시간에 말인가?"

"예, 과분한 병력을 이끄는 기색은 없습니다. 왕가의 인장도 진짜고요. 이전에 세이그람 님이 가르쳐주신 인장 모양과 똑같았습니다."

교육의 성과를 피로하면서 트레이스는 힐끗 알리시아를 바라보았다.

"사자께서는 카슈반 님은 물론 알리시아 님도 꼭 뵙고 싶다고 말씀하셨습니다. 어떻게 할까요?"

소곤소곤 이야기하는 두 사람의 대화를 듣고 알리시아도 불안해지기 시작했다.

갑자기 공격해 오거나 하진 않은 듯했다. 그러나 해도 한참 전에 저문 이 시각에 사전 연락도 없이 왕가의 사자가 찾아오다니……. 덧붙여 카슈반만이 아니라, 알리시아까지 지명하다니, 그다지 좋은 일은 아닐 것 같았다.

저도 모르게 얼굴을 흐리는 알리시아의 머리에 온기가 와 닿았다. 퍼뜩 놀라서 올려다보니 카슈반이 황갈색의 머리카락을 상냥하게 쓰다듬으며 미소를 짓고 있었다.

"그런 얼굴 하지 마라, 알리시아. 괜찮을 거다."

힘을 북돋아 주려는 듯이 말하고 나서 카슈반은 아내의 어깨를 안았다.

"지명하셨다니, 너도 얼굴을 안 내밀 수는 없지. 가자. 알리시아, 트레이스. —루아크, 알리시아를 부탁한다."

"맡겨두시라고."

알리시아에게는 믿음직스럽게 약속한 루아크의 모습이 갑자기 사라진 듯이 느껴졌다. 신출귀몰한 몸놀림도 전 '장난감 군대' 출신자들 특징이다.

과분한 병력을 이끌고 있지는 않다. 게다가 왕가에서 보낸 사자를 상대로 호위병을 죽 늘어세워서야 모가 난다. 최강이라는 수식어에 걸맞은 뛰어난 솜씨를 지닌 루아크는 이런 경우, 그야말로 이상적인 호위였다.

"다른 사람들은 여기서 기다려라."

그 외 다른 사람들에게는 그렇게 한마디 하고 나서, 카슈반은 1층 큰 홀로 발걸음을 옮겼다.

지금도 격렬하게 하늘을 빛내고 있는 번개의 창백한 섬광이 어두침침한 홀을 불규칙적으로 비추고 있었다.

역시 멋있다고 생각하며 알리시아는 결국 주변을 두리번거렸다. 그러나 카슈반은 밖으로 통하는 문 앞에 선 낯선 그림자를 물끄러미 바라볼 뿐, 움직이지 않았다.

"귀공이 국왕 폐하의 사자인가?"

"늦은 밤에 실례하겠습니다. 저는 플로리안 마벨이라고 합니다."

짤막하게 이름을 대며 머리를 숙인 자는 푸른빛이 도는 듯이 보이는 아름다운 은발을 지닌 미청년이었다. 청년은 등 뒤에 병사 몇 명을 데리고 있었다. 그러나 청년에게는 그들이 그저 배경으로밖에 보이지 않을 정도로 존재감이 있었다.

머리카락과 같은 색깔 속눈썹 아래로 드러나 있는 물색 눈동자, 곧게 뻗은 콧날과 보기 좋은 입술 등등, 플로리안의 용모는 인간이라기보다는 인형으로 보일 정도로 차가우면서도 단정했다. 매끄러운 하얀 피부에 딱 한군데, 오른쪽 눈 밑에 있는 눈물점만이 겨우 미모에 인간미를 부여하고 있었다.

"당신이 아즈베르그 지방 영주, 카슈반 라이센 강공작 각하시군요."

카슈반의 '강'공작이라는 기묘한 작위에 처음 만나는 사람들은 의아한 얼굴을 한다. 그러나 이 작위는 국왕이 인정하고 카슈반에게 하사한 것. 국왕의 사자라고 칭하는 플로리안은 과연 작위를 입에 담는 데 머뭇거림이 없었다.

그때가 돼서야 겨우 플로리안에게 시선을 준 알리시아는 저도 모르게 안경테에 손을 갖다 대고 그를 물끄러미 바라보았다.

"어머, 멋지셔라. 마치 옛날얘기에 나오는 은기사 같아요."

제 나이 또래 소녀다운 감성을 거의 갖추지 못한 알리시아는 플로리안의 아름다움에 그렇게까지 감명을 받지 않았다. 그러나 그의 차림새는 알리시아의 마음을 강하게 잡아끌었다.

왜냐면 플로리안이 몸에 걸치고 있는 것이 바로 이야기 속에나 나올 고풍스러운 은색 갑옷이었기 때문이다. 은색 판갑 위에 또다시 세밀한 은세공을 해놓아, 번개의 창백한 빛을 받을 때마다 도깨비불처럼 요사스럽게 빛났다.

인사를 하려고 투구만은 벗어서 한쪽 손에 안고 있었지만, 일반적으로 전신을 구석구석 뒤덮는 이런 갑옷은 무척 무거워서 움직이기 힘들다. 방어력은 높으나 실전에는 맞지 않아, 예장으로서 보통은 예식 때에나 입었다.

아무리 국왕의 정식 사자라고는 해도, 이같이 야단스러운 차림으로 나타나는 자도 드물었다.

"마벨 님이라고 하시는군요. 과연 왕궁에서 오신 분은 멋진 취미를 갖고 계시네요."

"……칭찬의 말씀, 영광입니다. ……그렇습니까, 당신이 알리시아 라이센 님이십니까……."

직접적인 알리시아의 찬사에 플로리안은 그렇게 말하며 겸손해했다.

그러나 형태 좋은 입술의 끄트머리는 미묘하게 아래로 처져 있어서 말과는 달리, 조금도 기뻐 보이지 않았다.

그리고 플로리안의 종자들 입가에도 뭐라 말할 수 없는 옅은 미소가 떠 있음을 알리시아조차도 알아차릴 수 있었다. 알리시아의 시선을 느꼈기 때문일까, 그들은 바로 무표정한 얼굴을 했다.

"국왕 폐하의 친서를 맡아 가지고 왔습니다, 라이센 강공작 각하. 살펴봐 주십시오."

알리시아는 그 고풍스러운 갑옷에 대해 좀 더 물어보고 싶었지만, 플로리안은 사무적인 어조로 화제를 바꾸었다.

플로리안이 투구를 옆에 내려놓고 자리에 무릎을 꿇으며 친서를 받쳐 들었다. 카슈반은 그것을 받아 들고는 재빠르게 내용을 훑어보았다. 동시에 스리슬쩍 알리시아의 어깨에 손을 올려놓으며 '쓸데없는 소리는 하지 마라'는 신호를 보냈다.

"분명히 인장도 서명도 진짜 같이 보이는군. 그러나 라이센 부부는 시급히 왕궁으로 올 것, 이렇게 적혀 있을 뿐인데."

"저는 단순한 사자일 뿐입니다. 내용은 모릅니다."

희미하게 금속 스치는 소리를 내면서 자세 바르게 일어선 플로리안의 대답은 역시 쌀쌀맞았다. 원래 뛰어난 미모는 때때로 사람들이 다가가지 못하게 한다. 그런데 플로리안의 경우, 의도적으로 타인과 거리를 두려는 기색이 있었다.

이제 용건은 끝났다는 듯이 플로리안이 발길을 돌리려는 찰나, 카슈반이 그를 불러 세웠다.

"무례를 무릅쓰고 한마디 하지요. 사자께서는 매우 갑자기 찾아오셨소. 사전에 알았더라면 환영의 자리를 마련할 수 있었습니다만."

"……아즈베르그의 겨울은 매우 혹독하다고 들었습니다. 쌓인 눈이 얼어붙는다면 혹독한 겨울에 익숙한 주민조차 그리 간

단히 드나들 수 없게 된다고 하던가요. 그래서 저희도 무례를 무릅쓰고 재빠르게 방문을 마치기를 우선했습니다. 방해해서 정말 송구스럽습니다."

겸손한 척하지만 은근히 무례한 태도를 그림으로 그린 듯한 사죄의 말에, 카슈반은 틈을 두지 않고 재차 질문을 거듭했다.

"내 대답을 듣지 않고 돌아갈 생각인가?"

"저의 역할은 친서를 건네는 것뿐. 당신께 대답을 받아 가는 일이 아닙니다. 애초에 국왕 폐하께서 하신 소환이라면 이미 대답은 정해져 있을 터."

이 정도의 질문 이미 다 예상했으리라. 플로리안의 대답에는 막힘이 없었다. 그러나 마지막 말에는 어딘가 되는대로 뱉어낸 울림이 있었다.

이분, 디네로 님과 닮았네요. 알리시아는 보기 드문 미모와 사람이 다가가기 힘든 분위기에서 플로리안과 공통점이 있는 미청년을 머릿속에 떠올렸다. 그러고 있는데, 카슈반이 한층 낮은 목소리를 냈다.

"라이센 부부는 왕궁으로 오라고 쓰여 있소. 나만이 아니라 아내도 함께 왕궁으로 오라는 뜻인가?"

"그렇게 기록되어 있다면, 그렇겠지요."

"나는 둘째 치고, 국왕 폐하는 알리시아에게 대체 무슨 볼일이시지?"

"아는 바가 없습니다."

말조차 붙여볼 수 없는 태도란 바로 이런 것이리라. 용모가 아름다운 만큼 플로리안의 쌀쌀맞음은 사람을 질리게 했다.

디네로 님이라도 이럴 때는 조금이나마 설명을 해주시는데요. 알리시아는 디네로 특유의 매우 담담한 어조를 생각했다. 그런 아내에게는 아랑곳하지 않고, 카슈반의 음성은 한층 더 낮아졌다.

"—귀공이 사자로 적합하다는 생각은 들지 않는군. 이 인선은 스탕발 재상 각하의 의향이신지?"

친서를 보낸 당사자인 국왕을 놔두고 카슈반이 입에 담은 것은 재상의 이름이었다.

실딘 왕가의 상황을 단적으로 표현한 말에 플로리안의 눈이 살짝 빛났다. 자신의 자질을 묻는 듯한 말에도 짚이는 점이 있어서이리라.

그러나 결국, 플로리안이 보인 반응은 그것뿐이었다.

"국왕 폐하의 친서는 건넸습니다. 그럼 저는 이만 실례하겠습니다."

누구와도 시선을 마주치지 않고 인사한 후, 플로리안과 일행들은 천둥소리가 요란하게 울리는 아즈베르그의 밤으로 사라져 갔다.

국왕의 사자 일행을 밖으로 토해낸 문이 닫히자 천둥소리가 급격히 작아졌다.

그들과 교대해서 루아크가 슥 나타나 딱 한 마디로 감상을 늘어놓았다.

"도발에 걸리지 않는 점과 입이 무거운 점은 사자에 딱 맞네. 애교는 절망적일 정도로 없지만."

카슈반도 가볍게 코웃음을 치고는 중얼거렸다.

"선전 포고용이라면 딱 좋을 거다. 저 태도로는 몸과 목이 분리되어 돌아가겠지만……. 그런데 저 녀석, 왕궁에서 일하고 있을까? 저 성격으로 용케 버티는군. 흥, 어쩌면 처음부터 희생양으로 보낸 사자인가……?"

올곧고 융통성이라고는 없는 플로리안의 태도는 권모술수가 소용돌이치는 왕궁에는 어울리지 않았다.

자신의 신경을 거슬리게 해서 국왕의 사자를 상처 입히게 한 뒤, 트집을 잡을 생각이었나, 라고 카슈반은 생각에 잠겼다.

"어머, 그럼 저분, 정말로 목 없는 기사가 될 수 있었군요."

정말로 좋아하는 목 없는 기사 이야기를 들고나오며 알리시아는 기뻐하며 말했다. 그러나 그 표정은 차츰 흐려졌다.

"……국왕 폐하가 저와 카슈반 님께 대체 무슨 볼일이실까요?"

과거 실딘 왕국은 왕가를 정점으로 집안의 이름을 지명으로 삼은 영주들이 국내 각지에 영주로 군림한다는 알기 쉬운 중앙집권 국가였다. 왕족과 귀족의 특권은 '날개의 기도' 교단이라는 견고한 지지 기반 위에 성립되어, 성녀와 신을 배신한 자의 자손인 농민층을 공공연하게 착취해왔다.

그러나 80년쯤 전에 하극상의 태풍이 국내에 휘몰아친 이후로, 실딘 왕가의 권력은 '날개의 기도' 교단과 함께 상당히 약해졌다.

그들은 잃어버린 힘을 되찾으려고 각종 계획을 남몰래 획책해왔다. 그리고 라이센 저택에 사는 이들은 불똥에 얻어맞는 바람에 지금까지 숱한 고초를 겪어왔다.

고개를 숙이려는 알리시아의 옆에서 트레이스가 똑같은 표정을 짓고 있었다. 이를 보고 카슈반은 작게 한숨을 내뱉었다.

"알리시아에게 무슨 용건인지는 모르겠지만, 나를 만나고 싶어 하는 이유는 확실하다. 본격적으로 눈엣가시로 여기게 되었겠지."

왕궁 쪽에서 보면 카슈반은 지방백의 딸을 돈으로 사들인, 타파해야 할 벼락출세 귀족이었다. 기묘한 작위를 인정하는 등 길을 들이려는 의사도 엿보였지만, 기본적으로는 점차 세력 범위를 넓혀가는 모습을 내심 불쾌하게 여기는 이들도 있을 것이다. 카슈반 쪽에서 본다면 단순히 자신에게 튄 불똥을 해결한 결과에 지나지 않았지만 말이다.

그렇지 않아도 카슈반은 국가의 어두운 부분과 관계있는 '장난감 군대'의 생존자인 루아크를 필두로, 용병 국가 라그라드르와 친교를 맺는 등 위험한 불씨를 몇 개나 안고 있었다. 티르나드의 후견인이 된 일도 그중 하나라고 할 수 있으리라.

"그러니 그런 얼굴 하지 마라, 알리시아. 그리고 트레이스도. 아무리 그래도 불러놓고 갑자기 죽이지는 않겠지. 기껏해야 훈계하는 정도겠지."

불안해하는 알리시아를 배려하듯이 카슈반은 커다란 손으로 또다시 상냥하게 머리를 쓰다듬었다.

"그렇죠. 기껏해야 유폐 정도로 끝나겠지만…… 어머 레이덴 백작님."

발소리에 돌아본 알리시아의 눈에 손을 빌려주려는 세이그람과 노라의 손을 뿌리치고 비틀거리며 걸어오는 티르나드의 모습이 비쳤다.

"라이센, 너는 왕이 되고 싶은 건 아니겠지?"

훔쳐 듣고 있었는지, 티르나드는 카슈반과 플로리안의 대화를 이해하고 있었다. 표정이 무척 불안해 보였다.

"……우리 아버지는 국왕이 되려고 해서 교단이 처리했다고 유란이 말했다."

10년 전 레이덴 지방에서 농민의 반란이 일어나서 티르나드의 가족은 그만 남기고 불타는 저택과 운명을 같이 했다.

그러나 이는 표면적인 내용으로, 실제로는 야심이 있던 전 레이덴 백작을 처리하기 위해 교단이 비밀리에 손을 쓴 결과라고 했다.

이후, 비옥한 레이덴 지방의 풍족한 결실만을 노리던 후견인 사이를 전전하면서 심하게 상처 입었다. 그런 티르나드가 자신의 비극을 스스로 이야기했다. 티르나드가 성장했다는 증거였다. 그러나 동시에 불길한 예감을 느끼고 있다는 의미이기도 했다.

"네게 왕이 될 수 있는 자격이 없다고는 말하지 않겠다. 그래도 라이센, 나는…… 나는 이제, 가까운 인간이 없어지는 걸…….”

"괜찮다, 티르. 안심해라. 이 시골구석 영주가 해야 할 일만도 귀찮은 것이 산더미처럼 많은데, 누가 좋아서 왕이 될 것 같으냐.”

얼마 전에 '하늘의 심판'을 받아 세상을 떠난 유란을 떠올리고 있음이 틀림없는 티르나드의 머리를 카슈반은 알리시아에게 했듯이 마구 쓰다듬어주었다.

"……하지만 아무래도 국왕 폐하는 그렇게 생각하지 않고 계신 모양이다. 나도 귀찮기는 하지만 슬슬 해명해야 한다고 생각하고 있어. 충성심을 시험한다고는 해도, 정말이지 때를 잘 고르셨다. 정말 눈물 나게 고마운 생일 선물이야.”

빠르게도 진절머리난다는 얼굴을 한 카슈반은 기분을 전환하듯이 강하게 명령했다.

"트레이스, 노라. 바로 준비를 시작해라. 될 수 있는 한 신속하게 왕궁으로 떠난다. 사자도 말했듯이, 벌써 겨울이 코앞이다. 머뭇거리다가는 왕궁으로 떠난 것까지는 좋은데 돌아오지 못하는 수가 있어. 그래서는 곤란하니 말이다.”

"그럼 저와 티르나드 님도 동행하겠습니다.”

바로 그렇게 말하며 나선 자는 세이그람이었다.

"왕궁으로의 초대는 티르나드 님의 신부 후보를 찾는데 더할 나위 없이 좋은 기회입니다. 왕족과 안면을 익혀놓는 것도 좋은 경험이 되겠지요. 티르나드 님의 상처도 거의 다 회복되었고, 또

레이덴 저택 수리도 아직 끝나지 않았으니 말입니다."

세이그람 자신도 크게 다쳤지만, 몸 상태는 많이 회복한 모양이었다. 적어도 혀의 움직임은 최고조였다.

"……네 뻔뻔함에는 정말이지 기가 막힌다. 예전과 다름없다는 점이 다행이라면 다행이지만 말이다. 뭐, 괜찮겠지. 레이덴가 당주라면 폐하께서도 홀대하지는 못하실 테고."

이쪽은 살해당할지도 모른다고 걱정을 하는데, 세이그람은 밉살스러울 정도로 평소와 다를 바 없었다.

노라는 희미하게 쓴웃음을 지은 카슈반과 태연자약한 세이그람, 그리고 티르나드를 힐끗 보고 나서 알리시아를 향해 선언했다.

"저, 저도 함께 가겠습니다, 마님."

"예, 물론이죠. 노라."

알리시아가 고개를 끄덕여도 노라는 이렇다 할 반응을 보이지 않았다.

그러나, 티르나드가 '아, 노라도 가는 건가……?'라고 아주 조금 기쁜 목소리를 내는 순간, 얼굴을 빨갛게 물들이며 외쳤다.

"차, 착각하지 마세요!! 저는 마님 전속 하녀니까 마님이 가시는 곳이라면 어디라도 따라가는 게 당연하다고요!!"

"그래, 그렇지. 따라오는 게 좋을 거야, 노라."

오만하게 턱을 치켜들며 세이그람은 안경 안쪽 눈동자에 냉소를 띄웠다.

"따라와서 이름 높은 명가의 영애와 자신을 비교해보고, 네가 얼마나 티르나드 님께 어울리지 않는가를 깨닫는 게 좋아."

"뭐라고요오?! 사람을 바보 취급하지 말아요. 원래대로라면 이 풋내기 도련님이 내게 어울리지 않는다고요!"

"어이 노라, 그 말은 너무하잖아!"

얼어붙은 공기도, 달콤한 공기도 다 날려버리고 또다시 소모적인 언쟁이 시작되었다. 좋은 의미로도 나쁜 의미로도 여느 때와 다를 바 없이 떠들썩한 가운데, 알리시아의 표정은 여전히 어두웠다.

"그러니까 그런 얼굴 하지 마라, 알리시아. 네게 그런 표정은 어울리지 않아."

난처하다는 듯이 황갈색 머리카락을 쓰다듬으며, 카슈반은 알리시아의 얼굴을 들여다보았다.

"게다가 왕궁에 가면 네 호기심을 채워줄 것들이 잔뜩 있다. 알고 있냐? 왕궁에는 국내 최대의 장서를 자랑하는 도서관이 있다."

"어머, 정말인가요?!"

제일 좋아하는 화제가 언급되자 알리시아는 갑자기 눈을 빛내기 시작했다.

"진짜다. 장서의 수는 곧 권력의 크기를 나타내니까 말이다. 그곳에만 있는 책도 많다고 들었다."

책을 제본하는 데에는 많은 시간과 노력, 자금이 든다. 따라서 책은 일부 한정된 특권 계급만이 가질 수 있는 물건이었다. 표지가 아름다운 장서를 죽 늘어놓고 남에게 내보이는 것은 대귀족의 소양 중 하나였다.

"어머, 그럼 환상의 괴기 소설, '비 오는 날에는 악령이 합창한다'도 있을까요?!"

줄곧 읽고 싶었던 책 이름을 들며 알리시아는 바로 들떠서 수선을 피우기 시작했다.

"또 또 '일곱 번 죽은 연금술사'도, '연금술사 여덟 번째 죽음'도! 아, '연금술사 여덟 번째 죽음'은 '일곱 번 죽은 연금술사'의 속편이랍니다. 전작 마지막에 정말로 죽었을 터인 연금술사가 강령술사에게 소환당해 물밑 왕국에서 돌아오는 것 같더라고요! 팬들 사이에서는 '칠연'이나 '연팔'이라는 약칭으로 불리면서 대단한 인기를 끌고 있어요!!"

차례차례 기괴한 제목을 들면서 알리시아는 묻지 않은 부분까지 힘차게 설명했다. 그런 알리시아를 바라보는 카슈반의 얼굴에는 경련이 일고 있었다.

"……아니, 알리시아. 기뻐해 주는 것까지는 좋은데, 너무 이상한 기대는 하지 말라고. 그곳에 있는 장서는 역사서와 신성학 책이 대부분이다. 그런 서민이 읽는 책은 별로 없을 텐데……."

너무 들뜨게 했다고 생각하며 카슈반은 아내의 폭주를 제지하려고 했다. 그러나 이미 알리시아의 시선은 아까 전부터 트레이스에게 덤비는 노라에게 향해 있었다.

트레이스는 노라와 레이덴 주종과의 언쟁을 중재하려고 끼어들었다가 불똥을 얻어맞은 모양이었다. 예의 찌부러진 리고의 열매와도 같은 새빨간 동그라미가 세 개 그려진 그림을 이용해서, '서로 사이좋게 지내세요'라는 식으로 설교하던 모양이었다. 그러나 '그 찌그러진 물체의 어디가 나란 말이냐!'라고 노라는 물론 세이그람의 화마저 북돋고 말았나 보다.

"거기에 노라도, 제가 가는 곳이라면 어디든 따라오겠다고 말해주었고요! 저기, 카슈반 님. 카슈반 님은 왕궁에 가보신 적이 있으신가요? 뭔가 나올 법한 장소를 모르시나요? 그런 권력 투쟁이 격렬한 곳에는 분명히 멋지고 무시무시한 이야기가 잔뜩 있을 거예요!!"

"그 견해는 틀리지 않았다, 가 아니라. 알리시아. 그, 분명히 너무 의기소침한 모습을 원치는 않지만, 가능하다면 좀 얌전히 있어줘⋯⋯."

자칫 알리시아의 의견에 끌려갈 뻔한 카슈반이 약한 목소리로 부탁하는데, 이번에는 류크가 가까이 왔다.

"카슈반 님, 왕궁에 가시나요?! 예이 예이, 저도 데려가 주세요!"

낙천적인 웃는 얼굴로 말하는 순간, 카슈반의 눈이 다시 날카로워졌다. 그러나 류크는 전혀 눈치채지 못했다.

"왕궁에는 아름다운 물건이 잔뜩 있다고 하지 않습니까! 건물, 미술품, 보석, 거기에 미녀도 잔뜩⋯⋯! 저도 화가로서 자극을 받아야야야야!!"

류크의 머리에 주먹으로 있는 힘껏 자극을 주고 나서, 카슈반은 이렇게 내뱉었다.

"잠꼬대는 지금 떠맡은 일을 다 마친 후에 해라! 네놈은 집이

나 지키고 있어. 우리가 돌아올 때까지 초상화가 완성되지 않으면 어떻게 될지는 알고 있겠지?!"

어깨를 들썩이며 명령한 후, 카슈반은 '아닙니다, 이쪽은 레이덴 백작님입니다!'라고 빨간 타원형 물체를 가리키며 주장하는 트레이스에게 다가갔다. 주인 스스로 저 무의미한 응수에 종지부를 찍고, 왕궁행 준비를 서두르게 하기 위해서였다.

"우우, 카슈반 님 너무하시네……. 저기, 알리시아. 알리시아는 나랑 같이 왕궁에 가고 싶지?"

카슈반에게 있는 힘껏 동행을 거절당한 류크는 이번에는 알리시아에게 매달리기로 했다.

그러나 알리시아는 나쁜 뜻 없이 그의 바람을 걷어찼다.

"함께 가고 싶기는 하지만, 류크도 이곳에서 지내려면 제대로 일을 해야 해요. 그렇지 않으면 카슈반 님에게 다리나 목을 잘리고 말 거예요. 거기에 류크가 그린 카슈반 님의 초상화, 저도 빨리 보고 싶기도 하고요."

스리슬쩍 무서운 소리를 섞어서 류크를 침묵시킨 알리시아는 한층 더 이런 부탁을 했다.

"맞아요, 류크. 곧 노라와 루아크의 생일도 다가와요. 두 사람의 초상화도 우리가 돌아올 때까지 부탁할 수 있을까요?"

"……우왕! 세일러 씨, 단 씨이!!"

류크는 큰 소리로 부르짖으면서 자신의 어리광을 받아주는 존재를 찾아 식당 쪽으로 달려갔다.

"아하하, 다들 정말로 제멋대로에 변함이 없네."

벼락에 지지 않는 기세로 떠드는 얼굴들을 루아크는 즐거워하며 보고 있었다.

"물론 나도 따라갈 거야, 알리시아. 알리시아와 카슈반 형님이 가는 곳이라면 나는 어디든지 갈 거야."

"고마워요, 루아크."

두 사람은 서로 바라보며 미소 지었다. 그 목소리에 지금도 바깥에서 미친 듯이 날뛰는 천둥소리와 '아무리 알리시아라도 이거보다는 좀 더 귀엽다고?!'라고 트레이스의 그림 속 빨간색 타원을 가리키며 주장하는 카슈반의 노성이 겹쳐졌다.

[제2장] 왕자는 미궁 깊숙한 곳에

실딘 왕국의 중추, 왕궁이 있는 엘난드 지방은 사방이 유력한 지방백의 영지에 둘러싸여 있다.

"그 덕에 어떻게든 왕권을 유지하고 있다, 는 말을 듣고도 있지."

마차 창문으로 경치를 바라보면서 카슈반은 짓궂은 어조로 말했다. 옆에 앉은 알리시아도 반대쪽 창문을 내다보았다.

아즈베르그 지방이라면 이미 눈이 쌓일 시기였지만, 그 땅에서 마차로 4일 정도 남동쪽으로 내려온 이 부근은 따뜻해서 아직눈은 보이지 않았다. 그러나 겨울은 분명하게 다가오고 있어서 길 주위에 펼쳐진 초원에는 갈색으로 말라비틀어진 부분이 두드러졌다.

이 부근 기후는 페이트린과 비슷한 듯했다. 본가를 그리워하면서 알리시아는 뭔가 재미있는 게 없을까 열심히 주변을 둘러보았다.

"이곳은 가제트 지방이군요. 이 부근 유력한 지방백이라면…… 오델 가와 스탕발 가."

"그래. 어느 쪽도 빠지지 않는 대귀족이지."

어느 쪽도 하극상의 태풍을 극복하고 재력과 권력을 유지해온 명문 귀족이었다.

특히 오델 후작가는 카슈반, 알리시아와도 적지 않은 인연이 있었다.

"사실 오델 지방을 통과해 가는 편이 더 빠르지만, 그 왕자님에게 섣불리 빚지고 싶지는 않아."

카슈반이 짓궂게 '왕자님'이라고 부른 사람은 오델 후작가 당주인 지스칼드 오델을 말한다. 그 뒤, 작은 목소리로 '……전 왕녀 전하에게 빚지는 것도 피하고 싶어'라고도 중얼거렸다.

"앗, 카슈반 님, 저게 왕궁인가요?!"

변화가 없는 경치 속에서 드디어 위용을 드러낸 모습에 알리시아는 큰 목소리로 남편을 불렀다.

아직 상당히 거리가 떨어져 있었지만, 완만한 언덕을 좌우에 거느린 가운데에 석벽에 둘러싸인 회백색 성이 자리 잡고 있는 모습이 보였다. 성 본체만으로도 충분히 거대했지만, 거기에 망루 역할을 하는 탑, 병사가 지내는 막사 등 건물이 몇 개 더해져서 왕궁의 규모는 더 거대했다. 그런 왕궁을 왕가에 봉사하는 장인이나 상인이 모여 형성된 성하(城下) 마을이 둘러싸고 있었다.

"대단해요! 저, 이런 커다란 성은 책 삽화로밖에 본 적이 없어요!"

"……하극상의 풍조를 조금이라도 잠재우려고 요새가 될 만한 거대한 성은 전부 파괴했으니까."

들떠서 떠드는 알리시아에게 카슈반은 한숨 섞인 목소리로 말했다.

그리고 문득 손을 뻗어서 창문에 찰싹 달라붙어서 '도서관은 어디 있을까요?'라고 열심히 찾고 있는 알리시아의 어깨를 끌어 안았다.

"엣, 앗. 왜, 왜 그러시죠……?"

"알리시아, 좀 부탁할 게 있다."

카슈반이 진지한 얼굴로 말하자 알리시아도 저도 모르게 자세를 바로잡았다. 동시에 카슈반의 얼굴이 무척 가까이에 있다는 사실에 알리시아의 가슴이 두근거렸다.

"너는 왕궁에 가본 적이 없으니 하는 말이다만, 그곳은 상상도 할 수 없는 복마전이다."

"어머! 정말로요?!"

복마전. 이 얼마나 감미로운 울림인가. 알리시아는 두근거리는 가슴을 끌어안았다. 그러자 카슈반이 당황해서 말을 정정했다.

"아니, 그랬지. 너는 이런 에두른 표현에는 약했지. 다시 말해서 왕궁에는 겉보기에는 화려하고 예의가 바르지만, 뒤로는 시종일관 권력 투쟁을 벌이고 서로의 발목을 잡아당기는 녀석들이 많다."

"예, 알고 있답니다."

알리시아는 아직도 두근거림에 벅찬 평평한 가슴을 살짝 억누르며 고개를 끄덕였다.

"어떤 분은 암살자를 고용하고 어떤 분은 독이 든 병을 항상 소지하고 다니며, 또 어떤 분은 수상한 주술사에게 부탁해 정적을 저주해 죽이려고 하죠……. 그리고 살해당한 사람들은 악령이 되어서."

"……또, 묘한 책 얘기인가. 완전히 틀린 말은 아니지만…… 어쨌든 알리시아, 내 부탁은 하나뿐이다."

점차 샛길로 빠지려는 아내의 이야기 고삐를 억지로 고정시키면서 카슈반은 명령했다.

"얌전히 있어라. 누군가 말을 걸어와도 첫인사 이외에는 그저 웃는 정도로만 대응해라. 우리에 관해 알아보려고 하는 자가 있을지도 모르니까, 그런 녀석들에게 쓸데없는 정보를 건넬 필요는 없다."

"예, 아, 예. 알았습니다."

"그리고 도서관에는 가도 좋지만, 내 허락 없이 함부로 이곳저곳 돌아다니지 마라. 가능한 내 곁을 떠나지 마. 만약 나와 떨어질 경우에는 그때 누구와 이야기하고, 누구와 어디에 있었는지 나중에 반드시 보고하도록."

"아, 예……. 알았습니다……."

보이지 않는 쇠사슬로 구속하려는 듯한 몇 가지 명령에 알리시아는 풀이 죽었다. 보고 자체는 상관없었지만, 이 상태로는 왕궁을 탐험해도 좋다는 허락은 얻을 수 없을 것 같았다.

조금 전까지 들떠서 떠들던 기세는 다 어디 갔는지, 알리시아는 완전히 침울해졌다. 그런 아내의 머리카락을 카슈반은 난처하게 쓰다듬었다.

"모처럼 왕궁에 왔는데 이것도 안 된다, 저것도 안 된다고 하니 재미없겠지. 하지만 전부 널 지키기 위해서다. 루아크를 옆에 붙여놓겠지만, 장소가 장소라서 말이다. 그 녀석이 함부로 모습을 드러낼 수 없는 경우도 있을 테니까.”

루아크는 이번에도 뒤따라오는 짐 마차에 숨어들어 동행하는 중이었다.

다른 마차에는 레이덴 주종과 노라가 타고 있었는데, 지금도 떠들썩한 설전이 반복되고 있으리라.

“—너를 좋아하니까, 위험한 꼴을 당하게 하고 싶지 않다. 가능하다면 왕궁 같은 곳에는 데려가고 싶지도 않았어. 여러모로 보여주고 싶지 않은 게 있어서 말이다…….”

머리를 쓰다듬으면서 카슈반이 갑자기 꺼낸 말에, 알리시아의 ‘배가 아픈’ 감각은 단숨에 최고조에 달했다.

“카, 카슈반 님, 아…….”

의자를 삐걱거리면서 카슈반은 한층 더 아내를 끌어안았다.

“너도 나를 좋아하잖아……?”

“……조, 조……좋아……합니다……, 웅…….”

질문에 머뭇머뭇 대답하는 말이 살짝 겹쳐온 입술에 그대로 빨려들었다.

“그럼, 얌전히 있겠다고 약속해줄 수 있지?”

녹아버릴 듯한 미소를 띠며 쐐기를 박는 말에, 알리시아는 달콤한 여운에 몽롱해하면서 대답했다.

“예……. 노력할게요…….”

“……정말로 노력해줘. 그리고 노골적인 품평은 그만둬야 한다?"

　내심 신용할 수 없다고, 카슈반은 그렇게 생각하고 있었지만, 더는 요구해도 소용없다는 사실을 이미 알고 있으리라.

　걱정한 대로 알리시아는 바로 까꺄거리며 들떠서 떠들기 시작했다. 카슈반은 그런 알리시아를 제지하려 하지도 않고 말에 적당히 맞장구를 치며 뭔가를 생각하기 시작했다.

　이윽고 태양이 중천에 걸리고 알리시아가 공복을 느끼기 시작할 무렵, 마부를 맡은 트레이스가 '곧 도착합니다'라며 말을 걸었다. 그 말에 주변을 둘러보니, 무장한 수많은 병사가 지키는 성문이 바로 눈앞에 있었다.

　라이센 가 문장이기도 한 검은 검과 방패가 그려진 마차를 보고, 병사 몇 명이 눈짓을 주고받으며 가까이 다가왔다. 미리 이야기돼 있던 모양이었다.

　"우리는 라이센 강공작가 사람들입니다. 국왕 폐하의 친서를 가지고 있습니다."

　마차를 멈춘 트레이스가 플로리안이 가져온 국왕의 친서를 꺼내 들며 병사와 이야기를 시작했다. 이것도 세이그람이 한 교육의 결과인가, 국왕 직속이라는 권력을 믿고 뻐기는 병사를 상대로 상당히 능숙하게 이야기를 이끌어나가고 있었다.

　덧붙여 트레이스는 세이그람과 그 주인인 티르나드가 동행하고 있다는 사실도 병사들에게 고했다. 카슈반 정도는 아니지만 여러모로 소문이 많은 레이덴 지방 주종이 동행하고 있다는 사실을 듣고, 병사들 얼굴에 동요의 빛이 내달렸다.

"맡겨놔도 괜찮겠군. 알리시아, 일단 옷부터 갈아입고 입궁한다."

소꿉친구의 성장한 모습을 믿음직스럽게 지켜보면서 카슈반은 그렇게 말했다.

옅은 복숭아색을 기조로 한 귀여운 드레스로 갈아입은 알리시아는 처음 보는 실딘 왕궁의 내부를 가능한 한 조심스럽게 둘러보고 한숨을 쉬었다. 아직도 공복 상태였지만, 지금은 호기심이 가득 찬 상태였다.

"아아, 이곳이 왕궁……. 이 얼마나 부, 아뇨, 멋진가요……."

빈곤한 생활을 보내온 반동이리라. 알리시아는 부자에게도 엄청나게 관심이 많았다. 그러나 카슈반과의 약속을 기억해내고, 아슬아슬하게 무난한 감탄으로 표현을 바꾸었다.

성을 둘러싼 벽과 성문은 실리를 우선으로 해서 무척이나 무미건조했다. 그러나 성하 마을을 지나서 들어선 실딘 왕궁은 우아하다는 한마디로 표현할 수 있었다.

벽도 바닥도 전부 잘 다듬어진 하얀 석재로 되어 있었다. 높은 천장을 지탱하는 기둥 하나하나에는 정교한 조각이 새겨져 있었는데, 그 하나하나가 아름답게 보이도록 만들어져 있었다. 긴 복도를 걸으면서 보고 있노라면 기둥에 새겨진 조각이 이어져서, 그림으로 보는 이야기가 되도록 심혈을 기울여놓았다.

"이건 신화네요……. 물밑 왕국의 괴물에게 속아 넘어간 인간들이 신을 믿는 마음을 잊어버린……."

계속 이어지는 기둥이 엮어내는 그림 이야기는 '날개의 기도' 교단의 바탕을 이루는 신화였다.

신화는 백 년도 더 전인 옛날, 사람들이 신을 믿지 않게 된 시대에서부터 시작해, 오직 혼자서 신앙을 지켜나간 소녀 아셸이 사람들로부터 박해를 받는 모습이 그려져 있었다.

안경을 쓰고 있어도 제대로 앞을 보고 있는지 한층 더 의심스러운 시력의 소유자인 알리시아로서는 이곳에서는 그 정도 내용밖에 파악할 수 없었다. 그러나 알리시아도 일단 귀족 자녀로서 교육을 받았기 때문에 이야기의 뒷부분은 쉽게 알 수 있었다.

벼랑 끝까지 몰린 아셸이 몸을 던진 순간, 신이 아셸의 등에 천상의 낙원, 더 높은 나라로 날아오를 수 있는 날개를 주셨다는 데까지 이야기가 계속되리라.

이곳이 알현의 방으로 이어지는 복도라는 점을 합쳐서 생각한다면, 기둥이 그려내는 그림 이야기는 성녀가 된 아셸을 몰래 지원하던 소수 사람들이 왕족과 귀족이 된다는 곳까지 이어질지도 모를 일이었다.

"류크가 있었다면 분명히 기뻐했을 텐데……. 하지만 류크라면 이런 물건도 만들어낼 수 있을까요?"

좋은 장사 거리가 될지도 모르겠다고 생각한 알리시아는 한층 더 뜨거운 시선을 죽 늘어선 기둥에 쏟았다.

"마님, 너무 이상하다는 듯이 고개를 갸웃거리지 말아 주세요. 드레스에 주름이…… 앗, 앗, 안 된다니까요, 기껏 묶은 머리가 망가지잖아요!"

옆에서는 노라가 자칫하면 카슈반과의 약속을 잊어버리고 '기둥 하나에 20만 제달이라니 너무 비싸요'라고 중얼거릴 뻔한 알리시아를 안절부절못하며 바라보고 있었다.

"그렇다고는 해도 왕궁에 오시는 분들 의상은 정말 훌륭하네요……! 주름을 좀 더 많이 잡아야 했어요. 아뇨, 애초에 천 자체가, 라기보다는 입고 있는 분이."

이전에 페이트린에 갔을 때와 마찬가지로 알리시아가 입고 있는 드레스는 노라가 저택에 있던 다른 부인들 옷을 고쳐서 만들었다. 봉제사로서 매우 우수한 노라는 때때로 스쳐 지나가는 귀부인의 의상과 자신이 만든 드레스를 비교해보고는 혼자서 반성하고 있었다.

"자기가 불러놓고 사람을 기다리게 하다니. 뭐, 늘 있는 일이지만."

작은 말을 내뱉은 사람은 검은 천에 금실로 자수가 놓인 예장으로 몸을 둘러싼 카슈반이었다. 왕궁에 몇 번인가 와본 적이 있는 그는 곁에 선 트레이스가 잔뜩 긴장한 모습인 것과는 달리, 지루한 듯이 시선을 주변에 던지고 있었다.

"티르나드 님, 좀 더 어깨에 힘을 빼십시오."

트레이스 이상으로 긴장한 표정인 티르나드를 세이그람이 작은 목소리로 타일렀다.

"레이덴 가 새 당주로서 처음 국왕 폐하를 뵙는 자리입니다.

앞으로도 행동을 조심해주십시오."

"아, 알고 있다니까. 쓸데없이 더 긴장되니까 좀 조용히 해!"

카슈반과 마찬가지로 검은 예복으로 몸을 단장한 티르나드는 완전히 그 자리 분위기에 압도당해서 세이그람의 충고도 귀에 들어오지 않는 모양이었다.

저런, 하고 어깨를 가볍게 으쓱인 카슈반이 문득 생각이 났다는 듯이 입을 열었다.

"맞다, 알리시아. 이 틈에 말해두겠는데, 알현의 방은—."

"라이센 강공작 부부, 레이덴 백작 각하. 국왕 폐하께서 부르십니다."

그러나 카슈반이 뭐라고 말하는 것보다도 빨리, 감색 옷을 입은 두 종복이 부르러 왔다. 카슈반은 다시 한번 어깨를 으쓱이고는 종복이 재촉하는 대로 긴 복도를 걷기 시작했다.

"알리시아, 너무 기쁜 듯이 굴지 마라. 티르도 우선은 첫인사 드리기를 성공하는 데까지만 생각해."

"아마도 20만 제달, 앗? —아뇨, 알았습니다."

바닷속에 가라앉은 무시무시한 괴물 조각에 시선을 못 박으면서, 알리시아는 건성으로 대답했다.

기둥에 새겨진 그림 이야기를 따라 나아가다 보니, 이야기는 예상대로 아셀이 더 높은 나라로 날아오른 후 지상의 왕이 된 젊은이가 신에게 훌륭한 왕관을 하사받는 장면에서 끝났다. 마지막 기둥 사이에 있는 두꺼운 문을 두 병사가 정중하게 밀어 열었다.

"……어머……."

처음 보는 알현의 방 광경에, 알리시아는 감탄하는 목소리를 내지 않을 수 없었다.

거울이었다.

실딘 국왕의 알현의 방은 양쪽 벽면이 전부 거울로 덮여 있었다. 양쪽 벽면을 덮은 좌우 거울이 각각 거울에 비친 모습을 서로 증폭시키고 있었다. 그 무한하게 이어지는 것 같은, 거울이 마주 보고 있는 거울 미궁 한가운데에는 심홍색 융단이 깔렸고, 한 단 높은 위치에 있는 옥좌로 이어졌다.

유리를 가공해 만드는 거울은 제작하는데 엄청난 수고와 시간이 필요한 매우 비싼 물건이었다. 그것을 이 정도로 잔뜩 늘어놓고 있노라면 가치는 헤아릴 수도 없다.

덧붙여 사람의 모습을 비추는 거울은 신비함 때문에 공포 소설에도 매우 자주 등장한다. 거울을 들여다보는 주인공 등 뒤에선 무시무시한 뭔가가, 라는 문장은 이야기 도입부에 단골로 쓰이는 표현이었다.

"가자."

카슈반은 그렇게 말하고는 태연하게 거울의 미궁 안으로 발을 들여놓았다. 그러나 알리시아는 터져 나올 듯한 환희의 목소리를 억누르는 정도가 고작이었다. 노라가 뒤에서 찌르는 바람에 어떻게든 걷기 시작했지만, 노라도 실내 풍경에는 기가 막힌 모양이었다. 세이그람조차도 저도 모르게 안경을 고쳐 쓰며 실내를 둘러보았다.

카슈반과의 약속을 지키고자 알리시아는 필사적으로 평정을 가장하며 앞으로 나아갔다. 거기에 심홍색 융단 끝에는 또 알리시아의 호기심을 자극하는 세 개의 사람 그림자가 일행을 기다리고 있었다.

카슈반이 스리슬쩍 보조를 맞춰주어서 알리시아는 남편과 동시에 옥좌 앞에 섰다.

그 뒤로는 티르나드, 티르나드의 뒤에는 고용인인 트레이스, 노라, 세이그람이 나란히 섰다. 루아크는 모습이 보이지 않았지만, 분명히 어딘가에 숨어서 상황을 살피고 있으리라.

"잘 와주었다, 라이센."

비틀거리며 옥좌에서 일어선 초로의 남자. 실딘 국왕인 랑드레이 피랄 드 실딘이었다.

이분이 국왕 폐하이시군요, 라며 알리시아도 살짝 긴장하면서 남편을 따라 머리를 숙였다.

……그러나 어림짐작을 잘못해서 알리시아의 머리는 서로 마주 보고 있는 거울에 몇 겹으로 비치고 있는 랑드레이의 허상을 향하고 있었다. 그것을 카슈반이 살짝 드레스 자락을 잡아당겨 궤도를 수정해주었다.

바닥보다 한 단 높은 위치에 있는데도 불구하고, 등이 구부정한 랑드레이는 자리에서 일어났어도 그다지 위압적으로 느껴지지 않았다. 두꺼운 천으로 된 호화로운 의상을 입고 있는데도 그렇게 보이는 이유는 움푹 들어간 푸른 눈동자에 깃든, 어딘가 침착하지 못한 빛 때문일까.

옥좌 곁에 서 있는 또 한 명의 노인이 너무나도 위압감에 넘치고 있기 때문이기도 하리라. 허리는 분명하게 알 수 있을 정도로 구부러져 있었고, 두꺼운 나무 지팡이를 짚고 있었다. 그러나 외알 안경 안쪽 눈동자는 마치 아즈베르그의 겨울을 알리는 번개처럼 예리했다.

상대를 꿰뚫어 보는 예리함을 눈동자 속에 감춘 이 노인이 아마도 기울고 있는 실딘 왕가를 지탱하고 있는 재상 이달 스탕발이리라.

나머지 다른 한쪽은 누구실까요. 알리시아가 검은 두건을 눈가까지 뒤집어쓴, 척 보기에도 수상한 그림자에 흥미진진해 할 때였다.

"아아, 되었다. 고개를 들라. 먼 길을 오느라 수고했느니라."

알리시아의 마음도 모른 채 랑드레이가 약하디약한 미소를 지어 보였다.

"아니요, 당치도 않은 말씀이십니다. 국왕 폐하만이 아니라 재상 각하까지 뵙게 되다니, 분에 넘치는 영광이옵니다. 이로써 분명히 내년도 세금에도 편의를 도모할 수 있을 테지요."

그렇게 인사에 답하는 카슈반의 말은 약간 연극 조였다. 어쩔 수는 없는 일이었다. 이곳은 왕궁, 상대는 국왕 폐하니까 말이다.

그러나 대놓고 그런 요구를 한 것은 물론이거니와, 묘한 억양이 들어간 발성이나 일부러 아첨하는 듯이 띤 옅은 미소에 알리시아는 놀라고 말았다. 그 모습은 마치 카슈반이 가장 싫어하는, 그가 하는 말을 듣지 않는 아즈베르그 지방 대관들 같았다.

의아하다는 듯이 알리시아가 남편을 올려다보자, 카슈반도 힐끗 아내를 바라보았다.

순간 그 입술에 쓴웃음이 떠올랐다. 그러나 카슈반은 바로 랑드레이에게 시선을 되돌렸다. 그 눈에는 다시 간교하다고밖에 할 수 없을 정도로 추잡한 빛이 떠올라 있었다.

"벼, 변함없이 뻔뻔한 남자로고, 라이센. 너…… 너무 짐을 똑바로 쳐다보지 말라. 거기에 목소리도 너무 크다. 그렇지 않아도 그대의 목소리는 잘 울린단 말이다. 심장에 안 좋노라."

카슈반이 국왕을 똑바로 바라보는 시선에, 랑드레이는 정말로 심장 근처에 손을 갖다 대며 떨리는 목소리를 냈다.

"황송하옵니다."

다소 작은 목소리로 대답한 카슈반은 국왕 말대로 그에게서 시선을 돌렸다. 랑드레이도 카슈반에게서 시선을 돌리고, 대신 거울에 비친 그의 모습을 힐끗힐끗 쳐다보았다.

그러고 보니 카슈반 님은 '국왕 폐하는 겁쟁이에 소심한 사람이다'라고 말씀하셨죠. 알리시아는 그런 실례되는 생각을 했다. 그런 알리시아를 보고 랑드레이가 얼굴을 폈다.

"오오. 그대가 페이트린의 영애인가……. 하하, 뭔가. 몇 가지 이상한 소문을 들었는데, 의외로 귀엽지 아니한가."

"폐하."

랑드레이도 눈이 세 개 있고, 덩치가 산보다 크다는 등등인 '사신 공주'의 소문을 들은 모양이었다. 안도한 반동일까. 조금 무람없는 말을 내뱉으려는 순간, 외알 안경을 쓴 노인이 가볍게 주의를 주었다.

"시시한 풍문으로 귀부인의 명예를 더럽혀서는 아니 되옵니다."

"으, 음, 미안하구먼, 이달."

이달은 알리시아가 아니라 자신에게 사과한 랑드레이를 말없이 노려보았다. 국왕과 재상이라기보다는 꼭 신통찮은 학생과 그 때문에 고뇌하는 교사와도 같은 구도였다.

레이덴 백작님과 세이그람 같아요. 또다시 실례되는 일을 생각하는 알리시아를 곁눈으로 보며, 이달은 카슈반까지 질책했다.

"라이센, 귀공도 마찬가지다. 폐하께서 특별한 작위를 내리신 은혜를 잊고 그리 경박하게 구니, 사람들이 수군대는 게 아닌가."

그 '경박하게 군다는' 말에는 페이트린의 영애인 알리시아를 돈으로 사들인 일도 포함되어 있다고 말하고 싶어서였으리라. 이달은 힐끗 알리시아를 쳐다보았다.

그러나 카슈반은 예상하던 반응이었는지, 겉으로만 사과를 한 후 갑자기 전혀 다른 질문을 던졌다.

"그것참 실례했습니다. 그런데 저는 처음 만나 뵙습니다만, 저쪽 분은 누구신지?"

카슈반이 시선으로 가리킨 끝에 있는 것은 알리시아도 아까부터 신경 쓰고 있던 검은 두건을 쓴 남자였다. 살짝 엿보이는 뺨이나 턱에는 자잘한 주름이 잡혀 있어서 노인 같기도 했지만, 얼굴 전체가 보이지 않았기에 부분적인 인상만을 알 수 있었다.

"으, 음. 이쪽은 그, 최근에 짐과 각별하게 지내고 있는, 그……."

분명치 않은 랑드레이의 대답을 가로막으며 이달이 재빨리 소개했다.

"연금술사인 오반 님이시네. 국왕 폐하의 소중한 손님이시지. 실례되는 일 없도록 하게."

"명심하겠습니다."

더는 묻지 말라, 라고 말하는 듯한 이달의 진의를 바르게 짚어낸 카슈반은 한마디로 질문을 끝냈다.

알리시아는 어떠했냐면, 처음 보는 살아 있는 연금술사가 신경이 쓰여서 신경이 쓰여서 신경이 쓰여서 신경이 쓰여서 참을 수가 없었다. 하지만 약속은 약속. 꾹 참았다.

"그보다, 라이센. 실은 그대를 부른 이유는 다름이 아니라, 부탁할 일이 있어서이니라."

오반에 대해서는 그다지 언급하고 싶지 않은가, 랑드레이는 갑자기 본론에 들어갔다.

그보다 레이덴 백작님께 빨리 말을 걸어주지 않으시려나요. 알리시아는 겨우 인사하는 정도만으로도 긴장에 찌부러져 버릴 티르나드에게 시선을 던지며 생각했다.

그러나 이달의 지시로 새로 실내에 들어온 사람들을 본 순간, 알리시아의 머리에서는 티르나드의 일도 카슈반과의 약속도 날아가 버렸다.

"어머? 지스칼드 님."

"오델 후작?!"

카슈반 역시 천박한 남자를 연기하는 것을 잊어버린 표정으로, 실내에 모습을 드러낸 금발 미청년의 이름을 불렀다.

"라이센?!"

이름을 불린 지스칼드 오델 후작도 카슈반 일행이 있다는 사실을 듣지 못한 모양이었다. 아름다운 얼굴을 살짝 실룩이며, 흠칫해서 심홍색 융단 위에 발을 멈추고 있었다.

"어머, 에르티나 님도!"

"알리시아……. 어머 싫어라, 카슈도 있네?"

지스칼드의 아내, 어딘가 나른한 분위기를 지닌 미녀 에르티나 오델도 남편과 마찬가지로 어안이 벙벙한 모습으로 아즈베르그에서 온 일행을 바라보고 있었다. 에르티나에게도 이 만남은 예상외였던 모양이다.

지방백 오델 가 당주인 지스칼드와 강혼한 전 실딘 왕가 왕녀 에르티나는 부부가 전부 라이센 부부와 인연이 있었다. 남편끼리는 견원지간, 아내끼리는 독서광이라 편지를 주고받는 사이였다.

이 두 사람은 왕가와 매우 가까운 관계였으므로, 왕궁에 모습을 나타내도 이상하지 않았다. 그러나 이어서 모습을 나타낸

자는 알리시아나 카슈반 이상으로 왕궁과는 연이 없을 인물이었다.

"발로이?!"

"여어 카슈반, 어이쿠, 강공작 각하와 강공작부인?"

장난치듯 라이센 부부를 부른 자는 검은 피부를 가진 카슈반의 검술 스승, 발로이 렉산드르였다.

평소에는 어깨 보호대와 가슴 보호대뿐인 간결한 차림을 하고 있었지만, 지금은 겸업 삼아 가진 자작 지위에 어울리는 화려한 의상을 몸에 걸치고 있었다. 하지만 옷 위로도 다부진 체구임을 쉽게 알 수 있었다.

라그라드르는 국토가 척박하고 이렇다 할 산업을 갖지 못해서 국민 90%가 용병업에 종사하는 소국이다. 발로이는 그곳 출신으로 자신의 용병단을 이끄는 용병단장이었다.

"오, 거유, 가 아니라 미인 하녀인 노라도 와 있었나. 역시 우리는 운명으로 이어져 있구먼."

"……당신, 이 상황에서 잘도 그런 단어를 입에 담을 수 있네요……!"

자타가 인정하는 거유 미녀를 좋아하는 발로이의, 지나칠 정도로 무람없는 태도를 노라가 작은 목소리로 비난했다.

"네놈이 발로이라면 왜 이곳에……?!"

지스칼드도 경악한 표정으로 발로이를 바라보고 있었다.

명문 오델 가 당주이며, 태양과도 같은 미모를 겸비한 지스칼드는 못돼먹었다는 점을 포함해 카슈반도 인정하지 않을 수 없는 유력자다. 지스칼드는 어떤 때도 귀족다운 우아함을 잊지 않았지만, 이번에는 알리시아와 카슈반과 재회한 충격이 채 가시기도 전에 발로이가 등장해서일까. 발로이를 바라보는 눈에서 동요가 그대로 드러나고 있었다.

"이거 이거 마님과 함께 소문대로 아름다우십니다, 오델 대후작 각하. 게다가 나 같은 자의 이름을 알고 계시다니 정말로 감사할 따름. 당신에게도 라그라드르인의 이름을 기억할 마음이 있긴 한가 보군요."

덥수룩한 수염은 면도했는지, 매끈해진 턱을 쓰다듬으며 발로이는 짓궂게 웃었다.

매우 뛰어난 전투력 때문에 실딘 및 인근 국가에서 중용되는 라그라드르인들은 지나치게 강력한 힘과 비열함 때문에 중용되는 만큼 미움도 받고 있었다. 특히 지스칼드는 라그라드르인을 싫어한다고 공언하는 정도로 그치지 않고, '진흙의 백성'이라는 추악한 차별 용어로 그들을 부르기도 했다.

"어머, 당신 혹시 레네인가요?"

알리시아는 발로이의 등 뒤에 조용히 서 있는 소녀를 발견하고 이름을 불렀다.

"예, 오랜만입니다, 알리시아 님."

백발에 가까운 하얀 머리카락을 머리 위로 틀어 올리고, 푸른색 청초한 드레스를 입은 작은 체구의 소녀는 발로이 용병단 일원인 레네였다. 루아크와 마찬가지로 '장난감 군대'의 구성원이었으나, 현재는 용병으로서 일하고 있을 터인데.

"드레스 차림은 처음 보네요. 머리는 가발인가요? 무척 멋있어요."

"고맙습니다, 알리시아 님도 무척 귀여우십니다. 그리고 진짜 저는 이쪽입니다."

레네라는 사실까지는 알았지만, 알리시아는 또다시 거울에 비친 허상에 대고 말을 걸고 있었다. 레네가 냉정한 목소리로 지적했다.

평소 레네는 짧은 머리에 가죽으로 된 갑옷 차림이라는, 소년으로밖에 보이지 않는 모습을 하고 있다. 오늘은 평소와 인상이 무척이나 달랐지만, 그래도 곧게 세운 등줄기나 담담한 어조 때문에 유감스럽게도 그다지 귀부인답지는 않았다.

"……이봐. 괜찮은가, 발로이."

레네의 존재는 일반적인 용병 이상으로 왕궁에 어울리지 않은 존재일 터였다. 카슈반은 대체 무슨 생각이냐고 눈으로 물었지만, 발로이 본인은 남의 일인 마냥 시치미를 뚝 떼고 있었다.

이 네 명이 등장만으로도 알현의 방은 소란스러운 공기에 휩싸였다. 그러나 거기서 그치지 않고 다섯 번째 그림자가 결정타를 꽂듯이 자리에 나타나, 거울의 미궁에 모습을 비췄다.

"우와아아아아아아앗!"

다섯 번째 등장인물을 확인한 순간 티르나드가 절규했다.

티르나드는 네 번째 인물이 나타날 때까지만 해도 국왕에게 해야 할 인사문을 생각하는 데 열중하고 있어서 아무 반응을 보이지 않았다. 갑작스러운 티르나드의 행동에 뒤에서 참을성 있게 대기하던 세이그람이 눈을 치켜떴다. 하지만, 티르나드는 그에 신경 쓸 여유가 없어 보였다.

"제, 제, 제, 제, 제, 오……?!"

"와아, 정말로 티르다! 만나서 반갑다, 티르!!"

티르나드의 애칭을 연창하면서 친근하게 웃는 얼굴을 내보인 자는 알리시아가 처음 보는 검은 머리 청년이었다.

이목구비는 그럭저럭 단정했고, 입고 있는 옷도 왕궁에 걸맞은 것이 높은 화려한 귀족 복장이었다. 그 정도라면 왕궁에 비슷한 인물은 수도 없이 많을 터였다. 그러나 제오라고 불린 청년에게는 또 다른 확실한 특징이 있었다.

오른쪽 눈을 비스듬하게 통과하는, 이마에서 뺨에 걸친 긴 상처.

날붙이 같은 것에 입은 상처이리라. 그것도 그다지 날붙이를 다루는 데 익숙하지 못한 자에게 상처를 입었는지 좌우로 흔들린 상처는 비틀려 있어서 주변 피부를 끌어당기고 있었다. 그 탓에 입술 오른쪽이 살짝 끌어 올려져 웃고 있지 않은데도 웃는 듯이 보였다.

그러나 지금 제오는 틀림없이 진심으로 웃고 있었다. 상처를 입은 오른쪽 눈에서도, 상처가 없는 왼쪽 눈에서도 천진난만한 기쁨이 흘러넘치고 있었다.

"어머, 읍읍."

얼굴에 그런 상처가 있다면 보통 안대 같은 것으로 감출 텐데. 티르나드와 아는 사이 같다는 점도 포함해서, 물어보고 싶은 말이 단숨에 입술에서 쏟아져 나올 것 같았다. 그러나 카슈반과의 약속이 있었다. 겨우 약속을 떠올리고는, 알리시아는 자주적으로 입가를 감싸며 호기심을 억눌렀다.

제오도 한순간, 힐끗 알리시아를 보았다. 그러나 티르나드가 흘린 신음과도 같은 소리를 듣고 다시 그쪽으로 돌아섰다.

"하하. 꼭 유령이라도 본 것 같은 얼굴인걸, 티르. 뭐, 유령 취급을 받는 데에는 익숙하지만."

"왜, 왜 네가, 이곳에……!"

창백한 얼굴을 하고 있는 티르에게 제오는 쾌활하게 웃는 얼굴로 다시금 자신의 이름을 댔다.

"내가 왕자니까 그렇지. 제오르디스 피랄 드 실딘."

싹싹한 어조로 정식 이름을 댄 제오르디스 왕자는 망연자실한 티르나드에게 한 걸음 다가갔다.

티르나드가 저도 모르게 두 걸음 물러났다가 세이그람에게 부딪치면서 움직임을 멈추었다.

세이그람도 주인의 이상을 알아차린 듯했다. 예의에 어긋난 행동을 질책하는 일 없이 험악한 눈으로 제오르디스를 바라보았다.

"다시 한번 말할까? 나는 이 나라의 왕자야. 국왕 랑드레이 폐하의 아들이며, 에르 누님의 동생. 올해로 23세. 뭐, 무리도 아닌가. 우리가 만났을 때는 내가 신분을 감추고 차기 왕이 되기 위해서 사회 공부를 하고 있을 때였으니까."

유령.

올해로 23세.

차기 국왕.

제오르디스가 이 단어들을 말할 때마다 랑드레이, 에르티나, 지스칼드의 얼굴이 꿈틀거렸다. 특히 랑드레이는 한눈에 알 수 있을 만큼 동요하고 있었다. 랑드레이는 애원하듯이 이달을 바라보나 싶다가도, 방 안에 있는 거울에 필사적으로 시선을 주는 등 안절부절못하고 있었다.

아버지와 누나 부부의 모습을 상처가 있는 오른쪽 눈으로 바라보면서, 제오르디스는 떨고 있는 티르나드에게 미소 지었다. 어디까지나 밝고 쾌활하게 말이다.

"'내 아버지는 불덩어리가 됐습니다' 그 말, 아직 남아 있냐? 모처럼 다시 만났으니까, 다음번에는 등 좀 보여줘, 티르."

소리도 없이 티르나드의 몸이 무너져 내렸다.

"티르나드 님……?!"

바닥에 쓰러지기 직전에 세이그람이 몸을 안아 들었지만, 티르나드는 이미 의식을 잃은 후였다.

"티르?!"

"레이덴 백작님, 괜찮으세요?!"

"어머, 싫어라. 레이덴 백작님, 왜 그러세요……?!"

카슈반, 알리시아에 이어 노라와 트레이스도 당황해서 달려왔지만 티르나드는 축 늘어져서 움직이지 않았다.

긴급 사태임을 깨달은 세이그람은 티르나드를 안아 들고 랑드레이에게 고개를 숙였다.

"국왕 폐하. 인사도 없이 자리를 비우는 점 송구하옵니다. 하오나 제 주인께서 갑자기 몸이 안 좋아지신 모양입니다. 실례하오나 먼저 퇴실하겠사옵니다."

"아, 그래……."

빠릿빠릿한 세이그람의 대응에 완전히 따라가지 못한 국왕이 어중간한 대답을 흘렸다. 그 말을 들으며 세이그람은 빠른 발걸음으로 알현의 방을 나서려 했다.

그 전에 제오르디스가 세이그람 앞으로 돌아섰다.

"불쌍하게도, 티르나드는 옛날부터 몸이 약했으니까. 이봐, 누군가 티르에게 방을 준비해주도록 해라."

"……감사합니다, 전하."

세이그람이 낮은 목소리로 감사 인사를 했다. 제오르디스는 세이그람의 얼굴을 물끄러미 바라보더니 장소에 어울리지 않게 기쁜 목소리로 말했다.

"네가 티르의 첫 번째 부하인가? 다행이네, 티르. 네게도 겨우 너를 가장 소중하게 생각해주는 인간이 생겼구나."

"……실례하겠습니다, 전하. 긴급 사태이온지라."

제오르디스의 웃음이 섞인 말에 쌀쌀맞게 대답하고, 세이그람은 험악한 표정 그대로 알현의 방을 빠져나왔다.

왕자의 명을 받은 병사들이 손을 빌려주려 했으나, 세이그람은 '방까지 안내해주시는 것만도 충분합니다. 티르나드 님은 제가 모시지요'라고 조력을 거절했다.

"이런. 모처럼 재회했는데, 티르가 몸이 안 좋아졌다니 유감이네. 그런데 아바마마, 이달. 먼 곳에서 일부러 와주신 손님과 슬슬 본론에 들어가지 않을래요?"

세이그람에게 뒤지지 않는 아들의 대담한 화제 전환에 랑드레이는 쭈뼛쭈뼛 이달을 바라보았다.

한심한 왕의 모습을 힐끗 살펴본 이달은 고령이라고는 생각할 수 없는 위엄에 넘치는 목소리로 말했다.

"─이제부터 할 이야기는 부인분들께 들려줄 만한 내용이 아닙니다."

그 말만으로 에르티나는 자신이 해야 할 일을 깨달은 모양이었다. 후우 한숨을 쉬더니 사정을 잘 알았다는 얼굴로 알리시아와 레네를 바라보았다.

"알았어요. 다른 사람들은 내 방으로 가죠. 알리시아, 그리고……."

"레네라고 합니다. 괜찮겠습니까? 발로이 님."

에르티나에게 인사를 한 레네가 확인을 구하자, 발로이는 대범하게 고개를 끄덕였다.

"상관없다. 공주님께 초대를 받다니 좀처럼 경험할 수 없는 일이지. 잘 즐기고 와라."

"발로이 님의 명령이시라면."

진지한 대답에 발로이는 쓴웃음을 지었다. 그러나 더는 아무 말도 하지 않고 그저 손을 가볍게 흔들었을 뿐이었다.

"카슈반 님, 음 그러니까, 저도 그, 괜찮을까요……?"

내심 좀 더 이곳에 있고 싶다고 생각하면서 알리시아도 카슈반에게 물었다. 그러나 카슈반의 대답은 '갔다 와라'였다.

"오델 후작 부인에게 실례를 저지르지 않도록 조심하고. …… 잘 부탁합니다, 후작 부인."

카슈반의 눈짓에 에르티나는 또다시 알았다는 얼굴로 고개를 끄덕여 보였다.

"자, 그럼 갈까요. 음, 노라였던가요? 당신도 가죠. 알리시아의 시녀잖아요?"

"예, 그것이 전 그냥 하녀…… 아뇨, 뭐, 비슷하죠."

티르나드가 신경 쓰이는지 마음은 콩밭에 가 있는 노라와 함께, 알리시아는 에르티나에게 이끌려 알현의 방을 뒤로했다.

에르티나가 여성진을 이끌고 도착한 곳은 왕궁 2층에 있는 호화로운 방이었다.

시집가기 전, 사용하던 방이 그대로 남아 있는 모양이었다. 침대도 긴 의자도 사랑스러운 분홍색과 하얀색으로 되어 있었다. 이상적인 왕자님을 기다리던 꿈 많은 공주님의 자취가 이곳에는 그대로 남아 있었다.

"여러 가지로 묻고 싶은 이야기가 많은 얼굴이네, 알리시아."

소리 없이, 뭐라고 형용할 수 없는 미소를 지으면서 에르티나는 안내를 맡은 하녀에게 차를 준비하라고 말한 뒤 쫓아냈다. 현재의 에르티나에게는 지나치게 귀여운 감이 없지 않은 옅은 복숭아색 긴 의자에 우아하게 앉으면서 고개를 끄덕였다.

"좋아요. 이곳까지는 이달의 눈도 미치지 못하니까. 뭐든 물어봐요."

"……저, 하지만 카슈반 님과 약속했답니다. 얌전히 있겠다고요……."

마차 안에서 한 약속과 그때의 키스를 떠올리고는 얼굴을 붉히면서 알리시아는 일단 저항해보았다.

그러나 에르티나는 몇 번이나 알리시아에게 꾀를 가르쳐서 카슈반을 꼬드기도록 부추긴 수완의 소유자이다. 깔깔거리며 웃으면서 알리시아를 부추겼다.

"남자와 한 약속 따위는 일부러 깨라고 있는 거예요. 카슈도 분명히 알리시아가 약속을 깨주길 바라면서 그런 약속을 했을 거예요."

에르티나는 카슈반을, 애인을 자칭하는 노라조차 사용하지 않는 '카슈'라는 애칭으로 불렀다.

그 말에 예의 '뱃속이 꿈틀거리는 감각'을 느끼면서 알리시아는 에르티나가 권하는 대로 쌓아놓았던 의문을 단숨에 토해냈다.

"왜 알현의 방은 벽면이 거울로 되어 있나요? 왜 연금술사님과 오델 후작님, 렉산드르 자작님까지 왕궁에 오셨죠? 그리고 에르티나 님의 동생분은 레이덴 백작님과 아는 사이이신가요?"

"……알리시아. 한 번에 질문을 끝내줘서 고맙기는 한데, 하나씩 대답해도 되죠?"

쓴웃음을 지은 에르티나는 머릿속을 뒤지듯이 호화로운 샹들리에가 늘어뜨려진 천장으로 시선을 주었다.

"그렇다고 해도, 지금 대답할 수 있는 건 첫 번째 질문뿐이네. 대답은 아버님이 겁쟁이이기 때문이야. 어머, 고마워요, 레네."

에르티나가 쫓아낸 하녀가 준비해 온 차를 받아 든 레네가 알리시아와 에르티나의 앞에 좋은 향이 피어오르는 찻잔을 놓아주었다.

노라는 아직 어딘가 안절부절못하고 있어서, 작은 케이크를 담은 접시를 사람들에게 나눠주는 손길도 위험스러웠다.

"레네도 노라도 앉아서 먹어요. 사양할 필요는 없어. 여자들끼리 수다나 떨면서 즐기자고요. 어차피 남자들 얘기는 오래 걸릴 테니까."

에르티나가 권하기도 전에 알리시아는 재빨리 케이크에 손을 대고 있었다. 그러면서도 '겁쟁이이신가요?'라고 되묻기를 잊지 않았다.

"그래요, 겁쟁이라서 옥좌에 앉은 채로 알현의 방에 들어온 인간의 일거수일투족을 감시할 수 있도록 그 방을 설계했어요. 가장 큰 목적은 암살 방지겠네요."

"분명히 거울을 이용해 그런 장치를 해둔 점은 유효하다고 생각합니다."

알리시아에게 뒤지지 않는 속도로 케이크를 다 해치운 레네가 중얼거렸다.

"그러나 국왕 폐하는 거울을 보시기는 했습니다만, 시선은 방 여기저기를 헤매고 계셔서 만족스럽게 상대를 관찰할 수 있는 상황은 아니었습니다. 게다가 무기를 숨기고 있는 자를 특정해낸다고 해도 그분이 대응할 수 있으리라고는 생각되지 않습니다."

전 암살자, 현역 용병인 레네의 관찰은 적절하고 신랄했다. 그 말을 듣고 에르티나는 생긋 웃었다.

"그러네요. 그럼 분명히 겁쟁이인 데다 바보겠죠."

친아버지, 그것도 국왕에게 던지는 한마디에 레네조차 놀랐는지 침묵했다. 에르티나는 조용히 미소 지으며 화제를 전환했다.

"두 번째 질문에 대해서는 나도 몰라요. 나와 지스칼드는 그저 아버님에게 호출당해서 왕궁에 얼굴을 내밀었을 뿐인걸. 정기적으로 국왕을 알현해 왕가에 충성심을 나타내는 것은 귀족의 의무니까요. 별로 이상하다고 생각하지 않았는데, 설마 알리시아나 라그라드르인까지 와 있을 줄은 생각도 못 했네요……. 그것도 그, 발로이 렉산드르라니."

에르티나는 발로이의 존재가 가장 신경 쓰이는 모양이었다. 연금술사 오반에 대해서는 언급하지 않았다. 그래서 알리시아는 '연금술사님은요?'라고 자기가 먼저 질문했다.

"아아, 그런 사람도 있었죠. 연금술사에 대해서는 나도 오늘 처음 만났어요. 하지만 아버님은 옛날부터 그런 수상한 패거리를 좋아하셨죠. 금이라도 만들어주길 바라시는 게 아닐까요?"

처지 상 에르티나도 딱 잘라 말하기는 어려운 모양이었지만,

왕가는 권위가 실추됨과 동시에 세금이 줄어들어 재정난을 겪고 있다고 했다.

그러나 알리시아에게는 지금 에르티나가 한 말 중 도저히 흘려들을 수 없는 부분이 있었다.

"아뇨, 에르티나 님. 연금술의 목적은 금 만들기가 아니랍니다! 진정한 목적은 모든 물질을 다른 물질로 바꿀 힘을 지닌 현자의 돌을 손에 넣는 것!! 아, 현자의 돌이란 세계영혼을 정제해서 응축한 물건이랍니다. 세계영혼이란."

"……자세히 잘 아네. 연금술에 관한 책까지 읽었나요? 문외한을 배제하려고 무척 난해하게 써 놓았다고 하던데."

한발 물러서려는 기색인 에르티나의 말을 받아서 알리시아는 황홀하게 먼 산을 바라보는 눈을 했다.

"예. 무척 난해해서 몇 번이나 읽지 않으면 전혀 의미를 알 수 없답니다. 그래서 장시간 즐길 수 있어요. 게다가 본래 목적은 아니라고 해도, 금을 만들다니 정말 멋진 학문이고요……! 연금술사는 이야기에도 자주 나오니까 기초 지식을 다져놓으면 다른 책도 훨씬 재미있게 즐길 수 있어서 아주 경제적이랍니다."

좋은 일뿐이라고 말하는 알리시아에게 에르티나는 '그리고 보니 당신이 권해준 책에는 자주 나오더군요……'하고 쓴웃음을 지었다.

"……저, 오델 후작 부인. 그…… 마님의 세 번째 질문에 관해서입니다만."

티르나드와 제오르디스의 관계가 신경 쓰였으리라. 케이크나

차에는 손도 대지 않고 굳은 표정으로 잠자코 있던 노라가 불쑥 입을 열었다.

에르티나도 한순간 침묵하더니 천천히 찻잔에 입술을 갖다 댔다.

"세 번째는…… 레이덴 백작의 반응을 볼 때, 아는 사이겠죠. ……불쌍하게도."

에르티나는 혼잣말처럼 대답했을 뿐이었다. 깊게 파고들기를 피하고 싶은 기색이었지만, 노라는 열심히 물고 늘어졌다.

"레이덴 백작님의 반응은 정상이 아니었습니다……. 게다가 우리나라에 왕자께서 계시다는 이야기는 들은바 없고요……."

분명히 알리시아도 왕자의 존재에 관해 들은 기억이 없었다.

아무리 왕가의 영향력이 바닥에 떨어졌다고는 하나, 왕자라고 하면 차기 국왕으로는 으뜸가는 후보다. 그런데 항간에는 에르티나가 강혼한 지금은 지스칼드가 차기 국왕이 되리라는 소문마저 돌고 있었다.

"대단히 실례인 줄 알고 있사오나, 제오르디스 왕자 전하는 대체 어떤 분이시죠……?"

"―그건 괴물이에요."

괴물.

카슈반이 스스로를, 그가 제일 싫어하는 아버지를 평할 때와 같은 단어.

노라뿐 아니라 알리시아까지 뜨악한 표정을 보고 에르티나는 침착한, 그러면서도 반론을 용납하지 않는 어조로 딱 잘라 말했다.

"화제를 바꿀까요? 저기, 레네. 당신 얘기 좀 해주지 않을래요? 라그라드르인이 아니군요."

에르티나와 레네는 처음 만나는 사이였다. 발로이의 동행이라는 점도 포함해서, 호기심이 자극된 모양이었다.

"예, 라그라드르인은 아닙니다."

레네의 대답이 여느 때보다도 한층 더 간결했다. '장난감 군대'에 속했던 과거를 전 왕녀에게 이야기해서는 안 된다고 생각하는 모양이었다. 에르티나가 의미심장하게 소리 없이 웃었다.

"그 남자가 조금 별난 조직에 있던 사람을 주웠다는 이야기는 들었어요. 카슈도 그렇고요. 내 말 맞죠? 알리시아."

또다시 나온 '카슈'라는 말에 왠지 모르게 불편한 감정을 느끼면서 알리시아는 고개를 끄덕였다.

"그러고 보니 에르티나 님은 루아크를 만난 적이 있으시죠."

지금도 이 근처에 숨어 있을 루아크의 이름을 입에 올리면서, 알리시아는 '괴물' 제오르디스를 떠올렸다. 말하는 투나 속내를 알 수 없는 분위기가 루아크와 닮은 구석이 있었다.

하지만 '괴물'이라는 단어에서 떠오르는 사람은 역시 카슈반이다. 그렇게 생각하자 제오르디스는 카슈반과 닮은 점이 있었다. 똑같이 검은 머리카락이고, 올해 23세라면 나이도 일치한다.

"그럼 왕자 전하는 카슈반 님과 루아크를 합체한 느낌일까요……. 어머, 왠지 강해 보여요."

다행히 작은 혼잣말은 에르티나의 귀에는 들어가지 않은 모양이었다.

"무엇보다 그 은발 꼬마는 지스를 죽이려고 했으니까요. 일단 전 왕녀로서 여러 가지로 신경은 쓰고 있어요."

두 사람의 대화를 듣고 레네는 에르티나가 전부 알고 있음을 알아차린 듯했다. 새삼스럽게 숨겨도 소용없다고 생각했는지 에르티나가 채근하는 대로 입을 열었다.

"……이전에 속했던 조직이 해체된 후, 갈 곳이 없어진 저를 발로이 님이 주워주셨습니다. 그분은 정말로 멋진 분입니다."

구체적인 조직명을 언급하기는 피하면서, 여느 때처럼 레네는 발로이를 칭찬하며 말을 끝맺었다.

"레네는 혹시, 발로이를 좋아하나요?"

"예, 좋아합니다. 언젠가 아내가 될 예정입니다."

원래부터 레네는 발로이를 좋아하는 감정을 숨기지 않았다. 매우 시원스럽게 긍정하는 바람에 에르티나만이 아니라, 만날 때마다 발로이가 작업을 거는 노라까지 머쓱해졌다.

"……내 정보망이 편향되었을지도 모르겠지만, 그다지 평판이 좋지 못한 남자예요. 당신, 이용당하는 거 아닌가요?"

"그래도 상관없습니다. 저는 발로이 님을 좋아합니다."

또다시 딱 잘라서 레네는 말했다. 흔들림 없는 대답에 에르티나의 보랏빛 눈동자가 복잡한 빛을 띠었다.

"―괜찮다면 가르쳐주지 않을래요? 왜 발로이를 그렇게까지 좋아하죠? 그야 주워준 은혜는 크겠지만요."

"절 주워주신 후에도 은혜를 입었기 때문입니다. 라그라드르인이 아닌 제가 그분의 용병단에 들어갔다는 이유로 반발한 자들이 적지 않았습니다. 어떤 자들은 용병단에 들어온 여자라는 이유를 대면서 몸을 요구하기도 했습니다."

에르티나는 입을 다물었다. 알리시아는 '때때로 소설에도 나오지만, 몸을 요구한다는 건 어떤 뜻일까요? 잘 다듬어서 먹는 걸까요?'라고 생각했다.

"그렇지만 발로이 님은 그 이야기를 듣고 그자들을 엄하게 질책한 후 용병단에서 쫓아내셨습니다."

공기가 얼어붙은 가운데, 누구도 저지하지 않았기 때문에 레네는 말을 계속했다. 알리시아는 '레네가 먹히지 않고 끝나서 다행이네요. 그렇지 않으면 만나지 못했을 거예요'라며 미소 지었다.

"그때 답례로서 발로이 님의 잠자리 시중을 들겠다고 말씀드렸습니다. 그러나 그분은 거절하셨습니다. 그래서 '저는 아이를 낳을 수 없는 몸이니 편하실 겁니다'라고 말씀드렸습니다. 그랬더니 쫓아낸 자들에게 하셨을 때보다 더 심하게 질책하셨습니다."

레네는 자랑스러운 목소리로 또다시 말을 매듭지었다.

"그분처럼 멋진 남자가 이 세상에 존재한다니, 생각도 못 하고 있었습니다. 그래서 저는 발로이 님을 좋아합니다. 결혼해주셨으면 합니다."

드디어 레네의 이야기가 끝났다. 그러나 에르티나와 노라는 여전히 얼어붙어 있었다.

한편, 알리시아는 레네가 한 일련의 이야기 중에서 신경이 쓰이는 부분을 발견했다.

"저기, 레네. 아이를 낳을 수 없는 몸이면 남자에게 편리한가요?"

"발로이 님 말씀으로는 최악의 인간쓰레기 같은 자식이라면 기뻐한다고 하더군요. 그러나 일반적으로, 특히 귀족 집안에서는 정식 결혼 상대가 아이를 낳지 못하면 이혼하는 경우도 있다고 하더군요."

"어머, 그런가요. 어렵네요……."

지적해줄 두 사람이 침묵하고 있기에, 알리시아와 레네의 대화는 산으로 가고 있었다.

"그러고 보니 카슈반 님은 아직 저와 초야를 치르지 않으셨는데…… 카슈반 님은 귀족이시지만 벼락출세한 귀족이시라서 아이를 낳지 못하는 여성 쪽이 더 좋으실까요?"

성적인 지식이 절망적으로 빈곤한 알리시아도, 초야가 아이를 만들기 위한 행위라는 사실 정도는 알고 있었다.

"기정사실보다 먼저 아이를 만들지 않으시겠어요? 이렇게 말씀드렸을 때도 시원스럽게 대답해주지 않으셨고요……. 어머, 그래도 부자에 관용적이고 상냥한 분이니 최악의 인간쓰레기는 아니라고 생각하지만요……?"

응응 고개를 끄덕이고 있는 옆에서 이번에는 레네가 에르티나에게 질문을 했다.

"그런데 후작 부인은 오델 후작과 평소에 러브러브하고 계신가요? 장래 부부 생활을 위해 참고하고 싶습니다만."

그 말을 들은 에르티나는 느릿하게, 매우 느릿하게 노라에게로 얼굴을 향했다.

"……노라."

"……예."

"……올해 유행하는 드레스에 관해 이야기해도 좋을까요?"

"에, 예. 제발요! 부디 그런 이야기만을!! 그런 얘기만을 해주세요!!"

진심으로 살았다는 얼굴로 노라는 강하게 찬동을 표시했다.

그 뒤, 알리시아가 배고픔을 호소했기 때문에 에르티나는 별실에 호화로운 점심 식사를 준비해주었다. 늘어놓은 요리에 입맛을 다시면서 조리 방법을 물어보거나 하는 동안, 시간은 눈 깜짝할 사이에 지나버렸다―.

꾸우, 작은 소리를 내는 배를 누르며 알리시아는 조금 창피하다는 표정을 했다.

"어머, 싫어라. 또 배가 고파 오는걸요."

"……참 참을성도 없는 배군요. 뭐, 하지만…… 슬슬 그럴 시간이네요."

이미 해가 진 창밖으로 시선을 주면서 에르티나는 한숨을 쉬었다.

점심 식사 후, 다시 에르티나의 방으로 돌아온 알리시아와 다른 사람들은 궁정 악사의 연주를 듣는 등 우아한 한때를 보냈다.

다들 함께 왕녀 시절 에르티나가 입었던 드레스를 입어보거나, 노라에게 화장을 배우기도 했다. 레네도 '참고가 되겠습니다'를 연발하면서 위험한 화제를 꺼내는 일 없이, 표정 변화가 별로 없는 얼굴으로나마 그 시간을 즐겼다.

그러나 알리시아의 정확한 배꼽시계가 가리킨 대로, 시간은 어느새 저녁 식사 시간이 돼 있었다. 카슈반을 비롯한 남자들이 나누는 이야기가 끝났다는 연락은 아직 오지 않았다.

"남자들은 아직도 정치 이야기에 정신없나 봐요? 정말 별수 없는 사람들이네. 뭐, 좋아요. 저녁 식사도 우리끼리 오붓하게……."

그런 말을 하면서 에르티나는 문으로 걸어갔다. 복도에 대기하고 있을 하녀를 부르려고 한 순간, 갑자기 밖에서 문이 열렸다. 에르티나는 작게 비명을 지르며 자리에 멈춰 섰다.

전부터 이상을 알아차린 듯이 에르티나의 바로 뒤에 와서 서 있던 레네가 '발로이 님'하고 단장의 이름을 불렀다.

누가 와 있는 낌새는 전혀 알아차리지 못하고, 그저 무슨 일인가 싶어서 가까이 다가온 알리시아도 문밖을 내다보고는 의아한 듯이 고개를 갸웃했다.

"카슈반 님, 렉산드르 자작님도 어서 오세요. 어머, 지스칼드 님. 어떻게 되신 일이죠?"

어슴푸레한 복도에 서 있던 사람은 카슈반과 발로이, 그리고 두 사람 사이에 끼인 듯한 형국으로 축 늘어진 지스칼드였다.

아름다운 금색 머리카락에는 쥐어뜯은 흔적이 있었고, 푸른 눈동자는 흐리멍덩하게 풀려 있었다. 알아들을 수 없는 작은 목소리로 뭔가를 계속 중얼거리고 있었는데, 입술에서 강한 술 냄새가 풍겼다.

"취하셨나요? 램블라 냄새가 나요……."

용병의 피라는 별명으로 불리는 램블라. 라그라드르인이 좋아하는 독한 술은 이전에 카슈반이 마신 적이 있어서 알리시아도 이름을 알고 있었다.

동시에 냄새에 얽힌 달콤한 고백까지 함께 되살아나서, 알리시아는 얼굴을 붉혔다.

그러나 카슈반의 표정은 달콤한 추억과는 거리가 멀었다. 게다가 카슈반은 아내가 아니라 에르티나를 향해 작은 목소리로 고했다.

"귀부인의 방에 이런 시간에 갑자기 방문하는 것이 실례임은 알고 있습니다. 그러나 이런 상태인 오델 후작을 모시고 갈 만한 장소가 달리 떠오르지 않았습니다."

"알았어요. 빨리 들어와요."

비상사태라는 사실을 알아차린 에르티나는 바로 남자들의 입실을 허가했고, 방주인의 승낙을 얻은 카슈반은 발로이와 함께 지스칼드를 끌어당겨 방 안으로 들어섰다. 에르티나가 바로 문을 닫으며, 동시에 바깥에 서 있던 하녀에게 '이 일은 누구에게도 비밀이에요. 알았죠?'라고 못을 박았다.

술에 취해 떠들기를 전제로 하는 사적인 모임이라면 몰라도,

왕궁 안에서 술에 취해 추태를 보이다니 귀족에게는 더할 나위 없이 불명예스러운 일이었다. 공사 구별을 하지 못하는 자에게 특권 계급이 보내는 시선은 차가웠다.

"카슈반 님, 지스칼드 님은 대체 어쩌다 이렇게 되셨죠?"

키가 큰 지스칼드를 사랑스러운 복숭아색 침대 위에 눕힌 카슈반에게 알리시아는 단도직입적으로 질문했다.

카슈반은 잠시 망설이는 기색을 보였지만, 어차피 실내에 있는 전원이 관계자였다. 발로이도 말해도 괜찮다고 말하듯이 가볍게 턱짓을 했다.

"……실은 왕가에 라그라드르인과 친교를 돈독히 하고 싶다고 생각하는 사람들이 있는 모양이다. 그래서 오델 후작이 대사, 내가 부관이 되어 라그라드르 측 대표인 발로이와 협력하라는 말을 들었다."

"어머."

알리시아가 깜짝 놀라는 것은 물론이거니와, 노라도 레네도 놀란 얼굴이 되었다. 그러나 에르티나는 눈에 보일 정도로 낯빛을 바꾸었다.

"뭐라고요?! 아버지와 이달은 그딴 일 때문에 우리를 불렀나요?!"

"그딴 일, 이라니 말 참 고맙습니다. 공주님. 어이쿠, 오델 후작 부인이시던가?"

야유하듯이 중얼거린 자는 발로이였다. 카슈반은 그에게 잠자코 있으라는 눈짓을 했다.

"그래서 재빨리 교류를 돈독하게 하고자 세 사람이서 이야기를 하고 있었다. 그런데 오델 후작은 그, 라그라드르인에 대해 참 많은 생각을 하는 분이라서 말이야. 대화가 전혀 진전되지 못했다. 그때 발로이가 허심탄회하게 이야기를 하려면 이것이 제일 효과적이라면서 렘블라를 꺼내서는 억지로 마시게 했지."

"뭐가 라그라드르인과 협력이냐, 웃기지 마라……!"

카슈반이 한창 설명하는 중에, 갑자기 상반신을 일으킨 지스칼드가 으르렁거렸다.

전원이 흠칫해서 지스칼드를 바라보았다. 그러나 정작 당사자는 반쯤 꿈에서 헤매는 모양인지, 취기로 풀린 눈은 정처 없이 허공을 헤매고 있었다. 그럼에도 지스칼드는 복숭아색 이불을 움켜쥐며 절규했다.

"그것도 왜 내가, 이 몸께서 라이센이나 발로이 따위와!"

자신의 이름을 들은 발로이의 눈에 차가운 빛이 떠올랐다. 발로이의 상태를 알아본 카슈반이 말없이 그의 어깨를 눌렀다.

"폐하는 그 수전노들에게 나라의 미래를 맡기려 하시는가? 나는 누구보다도 실딘의 미래를 걱정하고 있다. 그런데 왜……!!"

쥐어짜는 목소리로 외친 지스칼드의 눈동자에서 급속도로 빛이 사라졌다.

"왜……, 냐……."

말꼬리가 약하게 흐려지더니 지스칼드는 황금색 머리카락의 잔상을 남기며 다시 침대에 쓰러졌다. 입술에서 여전히 잠꼬대와도 같은 소리가 흘러나왔지만, 다시 일어날 기색은 보이지 않았다.

　다시 악몽으로 끌려들어 갔으리라. 지스칼드는 미간에 주름을 새긴 채 끙끙거렸다. 에르티나는 모직 숄을 갖고 와 남편의 몸에 살짝 덮어주었다. 노라는 허둥지둥 물병에 물을 따르기 시작했다.

　"……렉산드르 자작. 하고 싶은 말이 많으리라는 점은 잘 알고 있어요. 하지만 그래도 술 취한 사람 헛소리라고 생각하고 용서해주지 않겠어요?"

　눈에 차가운 빛을 띤 발로이에게 에르티나가 머리를 숙이며 정중하게 사과했다.

　"헛소리? 본심이라는 단어를 잘못 말한 게 아니라? 공주님. 뭣보다 술에 취하지 않아도 이 왕자님 본심은 내게 다 들통났지만."

　"……그만해라, 발로이. 이분을 책망해도 별수가 없잖아."

　물고 늘어지는 발로이를 카슈반이 제지했다. 에르티나는 살짝 눈을 내리깔며 침대에 누운 지스칼드를 사랑스럽다는 듯이 바라보았다.

　"지스는 술에 약해요. 바로 취해버려서 자제심을 잃어버리고는 때로는 해서는 안 되는 말을 입에 담곤 하죠. ……그러므로 평소에는 항상 재빨리 우월한 위치에 서서 자신만은 술을 마시지 않도록 하고 있어요."

　평소라면 발로이가 술을 권해도 코웃음을 치고 말았으리라.

그러나 이번만큼은 그럴 수 없었다. 국왕이 직접 협력하라고 지시한 상대였다. 호의를 무시할 수는 없어서 자포자기해서 렘블라를 벌컥벌컥 들이켰고, 그런 끝에 추태를 부린 듯했다.

"지방백 오델 가 장남으로 태어났을 때부터 지스는 무거운 중압감을 짊어져 왔어요. 허세쟁이에 오만하고, 자기 이외의 남자는 전부 종 혹은 적이라고 생각하는 구제 불능인 남자지만…… 지스 나름대로 나라를 사랑하고 있어요."

에르티나는 시선을 들어, 말이 없는 발로이에게 부탁했다.

"당신은 자신을 부른 이유를 알고 있으면서도 왕궁에 왔어요. 그렇지 않으면 이 나라 사람이 아니면서 태연하게 그런 모습으로 찾아올 리 없죠. 실례지만 지스가 분노하리라는 사실도 이미 알고 있었을 터. 그래도 실딘 왕가와 친교를 맺으면 어떤 이익이 있다, 그렇게 생각하고 왔겠죠. 이번 한 번만 눈감아 줄 수 없나요?"

"오델 후작이 실딘을 사랑하고 있다는 사실은 알아."

이윽고 발로이는 수염이 없는 턱을 어루만지며 입을 열었다.

"하지만 나도 라그라드르를 사랑해. 술기운에 욕 좀 했습니다, 했다고 아 그러십니까? 하고 용서할 마음이 들지 않을 정도로는 말이지."

발로이는 라그라드르인을 바보 취급하는 인간을 절대 용서하지 않는다. 게다가 원래부터 지스칼드와는 사이가 좋지 않았기 때문에, 에르티나와의 대화는 평행선을 달릴 뿐 좀처럼 타협점을 찾지 못했다.

"렉산드르 자작님. 지스칼드 님에게 너무 화내지 마세요."

그때 알리시아가 갑자기 대화에 끼어들었다. 에르티나도 발로이도 눈을 동그랗게 떴다.

"이봐, 알리시아. 얌전히 있으라고 그렇게나 말했잖아."

일이 지금보다 더 복잡하게 꼬이는 것은 참을 수 없는지 카슈반이 아내를 제지하려 했다. 하지만 카슈반이 제지하기보다 알리시아가 하는 말이 더 빨랐다.

"분명히 지스칼드 님은 라그라드르 분을 싫어하시죠. 하지만 지스칼드 님은 오뗼 가 당주이신걸요. 취한 모습을 다른 사람들 눈에 띄지 않게 해주었다고 은혜를 베풀어두면 분명히 나중에 좋은 일읍읍."

마지막에 가서야 입이 막히는 바람에 알리시아가 읍읍거렸다. 그런 알리시아를 내려다보던 발로이의 눈에서 차가운 빛이 사라졌다.

"……알고는 있었지만, 카슈반. 거 참 재미있는 신부를 맞아들였군."

"……그냥 내버려 둬라."

카슈반의 떨떠름한 얼굴에 만족했는지, 발로이는 에르티나와 알리시아에게 산뜻하게 웃는 얼굴을 향했다.

"알았다고. 다름 아닌 두 분 공주님 부탁이니까. 나도 왕자님의 심란한 마음을 예상하지 못하지도 않았고. 이번 한 번만 눈감아주겠어."

"고마워요. 과연 레네가 반할 만한 남자네."

에르티나가 틈을 주지 않고 재빨리 말을 매듭지었다. 발로이는 살짝 기가 죽은 기색을 보였지만, 이를 숨기려는 듯 노라에게 시선을 주었다.

"사실은 거유 하녀가 팔짱을 끼면서 부탁해주길 바랐건만, 그럴 상황이 아닌가 보군. 난 혼자서 마시던 술이나 마저 마셔야겠어."

노라 본인은 역시 티르나드가 신경 쓰이는지, 기껏 물을 따른 컵을 손에 든 채 복도 쪽을 바라보고 있었다.

발로이는 그대로 방에서 물러났고, 레네도 '제가 술 상대를 해드리지요'라고 말하면서 그를 뒤쫓아 사라졌다.

"고마워요, 노라. 이제부터는 내가 할 테니까 그만 됐어요."

"앗…… 앗, 죄, 죄송합니다."

송구스러워하는 노라가 손에 든 컵을 받아 들고 에르티나는 지스칼드의 옆에 살짝 걸터앉았다.

"알리시아도 카슈반도 고마워요. 이달도 두 사람이 묵을 방 정도는 준비해뒀겠지. 오늘 밤은 이대로 우리 둘만 있게 해줘요. 지스에게는 미안하지만 무방비하게 자는 얼굴을 좀 더 보고 싶어."

그때 다시 알리시아의 배가 꾸우 울렸다. 카슈반과 노라는 당황했지만 에르티나는 쿡쿡 웃기 시작했다.

"맞다, 저녁 식사 시간이었죠. 안심해요, 알리시아. 식사는 방으로 갖다 주라고 할 테니. 그럼 내일 봐요."

오히려 편안해진 모습으로 에르티나는 밝게 웃으면서 세 사람에게 손을 흔들어주었다.

"지스는 정말로 나라를 사랑하고 있어요. ……백 분의 일만
이라도 좋으니까 나를 사랑해주면 좋을 텐데."

문을 닫는 순간, 그런 중얼거림이 들려왔다. 그 말에 알리시
아는 무심코 가슴 한구석을 손으로 지그시 눌렀다.

에르티나가 말한 대로 카슈반 일행이 묵을 방은 이미 준비되
어 있었다. 왕궁 3층 끝에 위치한 넓은 방은 이전에 페이트린의
로벨 가에 초대받았을 때와 마찬가지로 고용인을 위한 별실이
딸린 호화로운 방이었다.

"로벨 가 저택은 왕궁의 구조를 흉내 내었을까요?"

그런 말을 하면서 주변을 두리번거리는 알리시아에게 트레이
스가 방을 정리하던 손길을 멈추고 가까이 다가왔다. 조금 전 그
의 모습이 보이지 않았던 이유는 먼저 방에 와 있었기 때문인 모
양이었다.

"어서 오십시오, 카슈반 님, 알리시아 님. ……하시던 이야기
는 어떻게 됐습니까?"

트레이스는 지스칼드와 발로이와의 대화에 함께하지는 않았
다. 그러나 어느 정도 일은 들어 알고 있을 터였다.

염려스러워 하며 묻는 말에 카슈반은 깊게 한숨을 내쉬었다.

"어찌 됐고 자시고, 그런 이야기가 한나절 만에 정리될 리가
없잖아. 일단 내일 다시 모이기로 했다."

대략 경과보고를 마치고 이번에는 카슈반이 질문했다.

"티르는 어쩌고 있지?"

"……아직도 쉬고 계십니다. 그 이상은 세이그람 님에게 물어봐야겠지요."

옆방 객실 쪽으로 눈길을 주면서 트레이스는 대답했다. 노라가 반사적으로 그쪽으로 가려는데 카슈반이 재빨리 손목을 잡아서 말렸다.

"노라, 티르는 지금 세이그람 이외에는 만날 수 있는 상태가 아닐 거다. 걱정하고 있는 줄은 알지만 지금은 그냥 놔둬."

"……트, 특별히 그렇게 걱정하고 있진 않습니다만…… 알았습니다……."

노라는 명백히 의기소침한 기색을 드러내며 고개를 끄덕이고는 트레이스와 함께 짐을 정리하러 고용인 방으로 물러났다.

넓은 실내에는 어느덧 카슈반과 알리시아, 두 사람만이 남았다.

"자, 알리시아. 넌 또 나와의 약속을 깼구나."

아무 일도 없었다는 듯 벽에 걸린 날개 달린 소녀 그림이나 값비싼 가구를 바라보며 품평하던 알리시아는 그 말에 깜짝 놀랐다. 그러나 그때는 이미 카슈반의 손에 턱을 잡힌 후였다.

"약속을 깬, 벌이다."

당연하다는 듯이 말하면서 카슈반이 얼굴을 가까이 갖다 댔다.

벌치고는 너무 달콤한 입맞춤을 끝낸 후, 멍해 있는 아내의 머리를 카슈반은 정성스럽게 쓰다듬어주었다.

"그렇지만 아까는 잘해줬다. 지금 발로이와 오델 후작 부부가 한판 붙는다면 우리에게도 어디서 어떻게 불똥이 튈지 모르니까."

칭찬받아서 기뻐진 알리시아는 여전히 멍한 상태로 중얼거렸다.

"남자와 한 약속은 깨는 편이 좋다는 말은 이걸 말씀하신 거였군요, 에르티나 님……."

"……무슨 얘기냐?"

의아해하는 카슈반의 목소리에 이어, 머리 위쪽에서 목소리가 쏟아져 내려왔다.

"앗, 그게. 분위기 한창 좋을 때 방해해서 미안하지만, 잠깐 괜찮으려나?"

대답을 기다리지 않고 은색 머리카락을 반짝이며 소리도 없이 뛰어내린 자는 루아크였다.

"어머, 루아크. 오랜만이에요."

"오랜만이야, 알리시아. 이야~ 역시 왕궁이야, 경비가 꽤 삼엄하던걸. 덧붙이자면 두 사람도 따로따로 헤어지는 바람에 어느 쪽 이야기도 어중간하게밖에 듣지 못했어. 알현의 방에는 들어가지도 못했고 말이야."

피곤한지 목을 뚜둑거리면서 루아크는 카슈반을 올려다보았다.

"그렇다고는 해도 카슈반 형님이랑 다른 두 사람이 싸늘하게 술잔치를 벌이는 광경은 잘 보였지. 일단 물어보겠는데 국왕 폐하는 형님들에게 뭘 시키셨어?"

"네가 들은 대로다. 국왕 폐하와 재상 각하는 우리 세 사람이 친한 친구 흉내를 내주길 바라신단다."

"아아, 왕가를 상대로 뭔가 일을 벌일지도 모르는 사람들을 하나로 모아서 감시하자. 뭐 이런 이야기?"

"그렇지. 그리고 행여 무슨 짓이라도 저지르면 그걸 빌미로 바로 때려잡을 심산이지."

이미 서로 대략적인 사정은 다 아는 만큼 두 사람의 대화 흐름은 매우 빨랐다.

"지금까지 여기저기서 소동에 휘말렸으니까 말이다. 뭐라고 한마디 할 거라고는 생각했는데, 설마 이런 과감한 수단으로 나올 줄은……."

짜증이 가득한 카슈반의 독백에 루아크도 다른 각도에서 자신의 의견을 늘어놓았다.

"얼마 전 유란 씨 일을 볼 때, '날개의 기도' 교단이 예의 온건파니 급진파니 하면서 폭주하고 있기 때문일지도 몰라. 왕가로서는, 우리한테는 라그라드르인과 손을 잡는다는 선택지도 있다! 이렇게 말하고 싶어 한다는 느낌이랄까? 아, 미안, 알리시아. 혼자 버려뒀네."

각종 의견을 빠르게 주고받으면서 루아크는 혼자 달랑 남겨진 알리시아에게 사과했다.

그러나 알리시아는 생긋 웃으며 고개를 저었다.

"아뇨, 괜찮아요. 루아크. 얌전히 있겠다고 카슈반 님과 약속도 했으니까요. 게다가 국왕 폐하나 라그라드르인 분들보다도 연금술사님이 더 신경 쓰이는걸요."

전반은 기특하고, 후반은 제멋대로인 알리시아의 말을 듣고 루아크는 괴상한 소리를 냈다.

"연금술사!! 헤에, 여기 그런 것도 있구나. 흐— 응, '날개의 기도' 교단의 가르침은 연금술을 부정하고 있을 텐데……. 혹시 국왕 폐하는 본격적으로 교단과 손을 끊을 생각인가?"

알현의 방에 들어가지 못했던 루아크는 연금술사 오반의 존재를 모르는 듯했다.

"일이 재미있어지는데. 좀 더 여기저기 파고들어 볼게. 그런 의미에서 더는 훔쳐보지 않을 테니까, 사양 말고 하시던 일 계속하세요!"

호기심이 강하다는 점에서 루아크도 알리시아에게 뒤지지 않는다. 사신 소년은 갑자기 모습을 감추었다.

"바쁜 녀석이로군."

카슈반이 질렸다는 듯이 말했지만, 어조와는 반대로 루아크가 사라진 방향을 바라보는 눈빛은 어딘가 상냥했다.

"그런데 국왕 폐하는 그렇다 치고 역시 이달 할아범의 눈은 속이지 못했나. 촌구석에서 영주랍시고 뽐내며 사는 바보 같은 풋내기라고 업신여겨주길 바랐는데……."

그것은 다름 아닌 카슈반이 알현의 방에서 보였던 모습이었다.

"그러고 보니 카슈반 님, 국왕 폐하 앞에 있을 때 왠지 평소와 좀 다르셨어요."

"……아아, 그거 말이지."

쓴웃음을 지은 카슈반은 살짝 알리시아에게서 눈을 돌렸다.

"세간에 내 평판은 '아즈베르그의 폭군'이라고 불리는, 혼자 잘난 줄 아는 벼락출세한 귀족이다. 그래서 다들 생각하는 모습 대로 행동했을 뿐이다. 그러는 편이 괜한 탐색을 당하지 않고 끝나니까 말이다."

변명 섞인 설명을 듣고 알리시아는 안심했다.

"다행이다. 아까 카슈반 님, 책에 자주 나오는 교활한 악당 같았거든요. 그런 인물은 대부분 제대로 된 이름도 없고, 등장하는 장면도 다섯 줄이나 여섯 줄 정도밖에 되지 않아요."

"……그래서 널 이리로 데리고 오고 싶지 않았다. 평소 내가 어떤지를 아는 사람 앞에서 그런 행동을 하면 꽤 창피하다고."

쑥스러움을 숨기기 위해서인가, 카슈반이 손을 뻗어 알리시아의 머리를 헝클어뜨리듯이 쓰다듬었다.

"……티르도 데려오지 않는 편이 좋았을지도 모르겠다. 지금 와서 말해 무엇하겠냐마는."

한 번 마구 헝클어뜨린 황갈색 머리카락을 정성스럽게 빗겨주면서 카슈반은 옆방으로 우울한 시선을 던졌다. 알리시아도 새파랗게 질려서 쓰러진 티르나드를 떠올리고는 어두운 표정을 지었다.

"레이덴 백작님, 괜찮으실까요……."

"녀석도 이제는 어리광쟁이 풋내기 도련님이 아니야. 게다가 세이그람도 붙어 있으니까. 기다리고 있으면 다시 일어날 거다."

티르나드에게는 이미 그럴 힘이 있다고 카슈반은 말하고 싶은 모양이었다.

"그렇다고는 해도 제오르디스 왕자, 인가. ……티르와 어떤 관계인지 들어볼 필요가 있는데……. 자, 티르에게 물어봐야 하나, 왕자에게 물어봐야 하나……."

티르나드는 회복하긴 하리라. 그러나 제오르디스 왕자의 이름을 꺼내는 순간, 다시 쓰러지지 않을까 염려스러웠다.

"애초에 이 나라에 왕자가 있었다니……. 왕가에 남자아이가 태어나지 않아서 차기 국왕을 어떻게 할지를 두고 옥신각신한다는 얘기는 몇 번인가 들은 적이 있지만…… 아무리 내가 시골뜨기라도 왕자에 관해 아무 말도 듣지 못했다니 상식적으로 있을 수 있는 일인가……? 솔직히 누가 왕이 되든 상관은 없지만……."

카슈반도 제오르디스에 관해서는 잘 모르는 모양이었다. 미간에 주름을 모으고 뭔가를 중얼거리고 있었는데, 퍼뜩 생각이 떠오른 모양이었다.

"그러고 보니 이전에 오델 후작 부인이 결국 남동생이 태어났다느니 어쨌다느니 하셨지……. 이런, 그분께는 별로 빚을 만들어두고 싶진 않은데……."

티르나드와 제오르디스 왕자의 관계를 알아낼 수 있는 실마리를 발견한 모양이었다. 그럼에도 카슈반의 그 입가는 복잡하게 일그러져 있었다.

왕자 전하와 좀 더 이야기해보고 싶은데 말이죠. 그렇게 생각하면서 알리시아는 쓰러진 또 한 남자의 일을 입에 담았다.

"지스칼드 님은 괜찮으실까요?"

"아아, 그 녀석은 렘블라를 마시고 쓰러졌을 뿐이니까. 내일은 숙취 때문에 고생 좀 하겠지만 좋은 약이 됐겠지. 네가 권해준 대로, 나중에 착실히 은혜를 베풀어주마."

원래부터 사이가 안 좋았기에 지스칼드에 대한 카슈반의 태도는 차가웠다. 술에 취한 지스칼드를 에르티나의 방에 데려다준 카슈반이었다. 알리시아가 권하지 않더라도 은혜를 베풀어두자는 속셈이 있었을지도 몰랐다.

하지만 알리시아는 지스칼드 본인보다 에르티나가 더 신경 쓰였다.

—백 분의 일이라도 좋으니까 나를 사랑해주면 좋을 텐데.

왕녀와 야심을 가진 귀족. 정략결혼으로 맺어진 부부의 전형적인 예인 에르티나와 지스칼드. 그러나 에르티나는 '나는 얼굴을 따지니까'라고 시치미를 떼면서도 남편을 차가운 내면도 포함해서 진심으로 사랑하고 있었다.

"하지만 렘블라는 무척 독한 술인걸요. 괜찮으실까요, 지스칼드 님."

지스칼드 님의 상태가 안 좋으면 에르티나 님이 불쌍하다. 알리시아는 어디까지나 그런 생각에 지스칼드의 몸을 걱정했다.

그러나 카슈반은 발끈했다.

"……너무 그 자식 얘기만 하지 마라. 게다가 아무리 본인에게 허락을 얻었다고는 해도 남편 이외의 남자를 허물없이 이름으로 부르지도 말고."

"네? 에…… 예."

알리시아는 기묘하게 생각하면서도 고개를 끄덕였다. 문득 알리시아의 귓가에 카슈, 라고 에르티나가 카슈반을 부르는 달콤한 울림이 되살아났다.

세일러나 단 같은 나이 든 고용인이 부를 때와는 명백하게 다른 울림. 알리시아의 튼튼한 배를 꿈틀거리게 하는 울림…….

"……카슈반 님도…….."

"뭐냐?"

"아, 아, 아뇨, 아, 맞다."

에르티나의 일을 머릿속에서 내몰아낸 순간, 퍼뜩 머릿속에 떠오르는 생각이 있었다. 알리시아는 생각을 그대로 입 밖에 내었다.

"저기, 카슈반 님. 레네와 이야기를 하던 중에 나온 말인데, 카슈반 님은 아이를 낳을 수 없는 여자가 좋으신가요?"

카슈반의 눈이 점이 되었다.

"……알리시아, 대체 또 무슨 말이냐? 대체 왜 레네와 그런 이야기를 하고 있었지……?"

"발로이 님 말씀으로는 최악의 인간쓰레기는 그런 여자를 좋아한다고 하시더라고요. 하지만 레네가 하는 말에 따르면 귀족 남자는 정식 결혼 상대에게는 아이를 낳아주기를 바란다고 했어요. 카슈반 님은 최악의 인간쓰레기는 아니지만, 벼락출세한 귀족이시죠. 어느 쪽이실까 궁금해서요."

알리시아는 한 발 앞으로 나섰다. 이유는 알 수 없었지만 카슈반이 한 발 뒤로 물러섰기 때문이었다. 카슈반은 그대로 계속 뒤로 물러났다. 때문에 알리시아도 그대로 계속 앞으로 나아갔다. 알리시아는 질문을 계속했다.

"저, 아마 아이를 낳을 수 있을 거예요. 카슈반 님은 아이를 원하지 않으셔서 저와 초야를 치르지 않으시나요?"

어느새 벽을 등진 상태가 된 카슈반은 아무 말도 하지 않았다.

계속 그렇게 침묵하고 있었다.

그러고 있노라니 밖에서 문을 두드리는 소리와 함께 '실례하겠습니다. 저녁 식사를 가져왔습니다'라는 목소리가 들렸다. 에르티나가 부탁한 식사였다.

"아아, 자 알리시아. 먹을 게 왔다. 네가 아주 좋아하는 음식이!"

카슈반이 너무나도 기쁜 목소리를 냈기에, 알리시아는 어머어지간히 배가 고프셨나 보네요, 이렇게 생각했다.

[제3장] **도서관의 유령**

카슈반이 의도한 대로였다. 저녁을 먹는 사이, 조금 전 한 말은 싹 잊어버린 알리시아는 딱 좋을 정도로 부풀어 오른 배를 끌어안고 건강한 숨소리를 내며 잠이 들었다.

이날 알리시아는 일곱 연금술사가 마주 보는 거울 덕에 무한 증식하는 악몽을 꾸었다. 덕분에 다음 날 아침, 악몽에서 깨어난 알리시아는 잠깐은 기분 나쁜 여운에 황홀하게 젖어 있을 수 있었다. 카슈반은 그런 아내를 곁눈으로 살피며 재빨리 옷매무시를 가다듬고 트레이스와 함께 나갔다. 지스칼드 쪽에서 어제 이야기를 계속하고 싶다고 불러냈다고 했다.

"자존심이 하늘을 찌르는 분이니 말이다. 약한 모습만 보이기 싫어서겠지. 숙취에 시달리고 있어도 다른 때보다 한층 더 아름다운 얼굴로 날 맞이해주실 거다."

그런 말을 남기고 카슈반이 없어졌기 때문에 알리시아는 조금 실망했다. 또 호사스러운 무도회라도 열리지 않을까 기대했는데, 왕가에서 이번 일은 비밀리에 조용히 진행하고 싶어 하므로 성대한 환영 행사는 열지 않는다고 했다.

멋대로 나돌아다니지 말라는 말을 들었는데, 그럼 이제부터 오늘 하루 한가한 시간을 어떻게 보내면 좋을까.

그런 알리시아에게 아침 식사를 끝마치자 바로 낭보가 날아왔다. 감색 예복을 입은 종복이 왕립 도서관으로 안내하겠다면서 알리시아를 맞으러 온 것이다. 카슈반이 부탁했다는 모양이었다.

"지스칼드 님, 건강해지셔서 다행이에요. 레이덴 백작님도 빨리 자리에서 일어나실 수 있으면 좋겠네요."

도서관은 하나의 독립된 건물로 왕궁과는 긴 연결 통로로 이어져 있었다. 알리시아는 종복에게 안내를 받으며 신이 나서 통통 튀듯이 연결 통로를 걸었다. 알리시아의 대각선 뒤쪽에서 노라는 '그러네요'라고 건성으로 대답했다.

"어머, 왜 그래요? 노라. 레이덴 백작님, 겨우 눈을 뜨셨다고요. 기쁘지 않나요?"

"……그게, 저랑은 만나고 싶지 않다고 말씀하고 계신다잖아요."

오늘 아침 무렵에 겨우 눈을 뜬 티르나드를, 알리시아도 아직 직접 만나지 못했다. 카슈반이 얼굴만 보러 갔는데, 그때 티르나드에게서 '노라는 오지 않았으면 좋겠다'는 말을 들었다고 한다.

티르나드로서는 노라에게 꼴사나운 모습을 보이고 싶지는 않았으리라.

그러나 노라는 입으로는 시끄럽게 굴면서도 티르나드 걱정을 많이 했다. 그런 만큼, 그 말에는 충격을 받았는지 아침부터 줄곧 토라져 있었다.

"힘내요. 노라. 레이덴 백작님도 사실은 분명히 노라를 만나고 싶을 거예요."

알리시아로서는 지나칠 정도로 제대로 된 위로의 말이었다. 그러나 노라는 '마님조차 이렇게 제대로 된 반응을 해주시는데, 레이덴 백작님은 쓰러졌을 때 어딘가에 머리를 부딪치신 게 틀림없어요……. 그 음험 안경남이 제대로 받쳐주지 못해서 그래요'라고 중얼거리며 한층 더 의기소침해졌다

"라이센 강공작부인. 이곳이 우리나라가 자랑하는 도서관입니다. 부디 자유롭게 살펴보십시오."

이러저러하는 사이, 붉은 벽돌로 만들어진 거대한 도서관에 도착했다. 도서관을 보자 풀 죽어 있던 노라가 작게나마 탄성을 올렸다. 알리시아의 머리에서도 그 외에 다른 일은 전부 날아갔다.

"어머 어머! 어머 어머 어머 정말 멋져요!!"

2층짜리 건물은 우선 외장부터가 마른 담쟁이덩굴에 빈틈없이 덮여 있었다. 창문 크기가 작고 수가 적은 이유는 햇빛이 쏟아져 들어와 책을 상하게 하는 일을 방지하기 위해서이리라.

출입문도 습기에 대비해서 두껍게 만들어져 있었다. 그리고 두꺼운 문의 건너편에는 그야말로 알리시아에게는 더 높은 나라나 다름없는 풍경이 펼쳐져 있었다.

"굉장해요! 사방이 다 책이에요!!"

자신의 꿈이 구현된 광경에 알리시아는 마치 술에 취한 듯한 표정으로 잠시 주변을 돌아보았다.

무한하게 이어지듯이 늘어선 높이가 높은 책장. 그 안에는 물

론 책, 책, 책, 책이 꽉 들어차 있었다. 저쪽 책장에는 연대기가 한 권도 빠지지 않고 꽂혀 있었고, 이쪽 책장에는 삽화가 들어간 시집이 작가별로 정연하게 꽂혀 있었다.

입구 부근에는 특히 과시할 목적인 책을 꽂아 둔 듯했다. 죽 늘어선 책등을 보면서 낡은 종이 냄새를 맡고 있으려니 시각과 후각이 책에 파묻히는 착각이 들었다. 태양광과 바깥 공기가 제한된 탓도 있어서, 외부와 격리된 별세계에 빠져드는 느낌이었다.

"그래요, 마치 나 자신도 한 권의 책……."

감격에 겨운 나머지 알리시아가 위험한 발언을 하기 시작했다. 그런 알리시아의 모습을 이곳까지 안내해준 종복이 겁먹은 눈으로 바라보았다. 알리시아의 이런 모습에 익숙한 노라가 여느 때처럼 주인을 조용히 시키려고 했다. 그때였다.

"어라? 소문의 사신 공주잖아?"

죽 늘어선 책장 건너편에서 검은 머리카락에 덮인 머리가 불쑥 튀어나와 이쪽을 살폈다. 특징적인 오른쪽 눈의 상처를 일그러뜨리면서 웃는 얼굴은 어제 본 그 얼굴이었다.

"어머, 왕자 전하, 안녕하신가요."

어슴푸레한 도서관 안이다. 알리시아가 머리를 숙인 방향은 제오르디스에게서 상당히 벗어나 있었다. 그렇지만 제오르디스는 그에 신경 쓰는 기색 없이 가까이 다가왔다.

"앗…… 아, 안녕하신지요."

노라는 티르나드의 일도 더해서, 그대로 드러나 있는 상처를 직시하기가 힘든 모양이었다. 알리시아와 마찬가지로 고개를 숙였지만, 눈은 바닥을 향한 채 제오르디스를 보려고 하지 않았다.

그런 노라를 힐끗 쳐다보고는 제오르디스는 알리시아에게 말을 걸었다.

"날 기억하고 있었나? 기쁜데."

"예. 무척 인상적인 분이셨으니까요."

"하하. 인상적, 이라고. 재밌는 말을 하는군."

눈을 살짝 가늘게 뜨며 제오르디스가 웃었다. 누구나 한번 보면 잊을 수 없는 오른쪽 눈의 상처에 흘러내린 머리카락을 가볍게 쓸어 올리고는.

"너는 내 상처가 기분 나쁘지 않은가 보지?"

갑자기 그렇게 물었다.

"그쪽 하녀는 기분이 나쁜가 본데. 아까부터 눈도 마주치려 들지 않아."

"아, 아뇨, 천만부당한 말씀을. 와, 왕자 전하의 얼굴을 물끄러미 바라보면 실례이기 때문입니다……!"

당황한 노라는 얼굴을 들고 제오르디스를 바라보았다. 그러나 히죽거리고 있는 제오르디스의 상처는 웃을수록 한층 더 경련을 일으켰다. 도서관의 옅은 어둠이 상처의 깊게 팬 홈에 스며들어서 밝게 웃는 얼굴과는 정반대로 등골이 오싹한 음영을 만들어 내고 있었다.

에르티나가 평가한, '괴물'이라는 말에 딱 어울리는 모습이었다. 그 모습을 알리시아는 흥미진진하게 바라보며 말했다.

"분명히 왕자 전하의 상처는 기분이 나쁘네요. 하지만 저는 기분 나쁜 것을 좋아한답니다."

"마님?!"

제오르디스에게 몰려서 굳어 있던 노라가 뒤집어진 목소리를 냈다. 하지만 알리시아는 이렇게 말을 계속했다.

"하지만 왕자 전하 스스로 기분 나쁘다고 생각하신다면 안대로 가리시는 편이 좋을지도 모르겠네요. 게다가 저, 안대도 좋아한답니다."

노라가 그저 자신의 취미를 피로하는 알리시아를 당신이야말로 괴물이라고 말하고 싶은 눈으로 바라보았다.

그러나 당당하게 '기분 나쁘다'라고 평가받은 제오르디스는 쿡쿡 즐겁게 웃기 시작했다.

"과연 소문의 사신 공주로군! 너와는 한번 느긋하게 이야기해 보고 싶었다. 떼를 써서라도 불러들인 보람이 있는걸."

"어머? 저한테 용건이 있으셨던 분은 그럼 국왕 폐하가 아니라 왕자 전하이신가요?"

"아아, 미안해. 내 이름은 아직 외부에는 별로 알려지지 않아서 아버지 이름을 사용했지."

거기서 제오르디스는 생긋 웃으면서 자신을 가리켰다.

"난 제오라고 불러줘. 난 너를 알리시아라고 부를 테니까. 괜찮지?"

"네?"

"……싫은가?"

갑자기 제오르디스의 목소리가 약해졌다. 조금 전까지 쾌활하게 웃는 얼굴과는 분위기가 너무 달라서 알리시아는 조건 반사적으로 고개를 저었다.

"아, 아뇨……. 그럼, 제오 님이라고 부르면 되나요."

이분은 제오 님, 하지만 카슈반 님 앞에서는 왕자 전하라고 불러야 하겠죠. 알리시아는 열심히 자신의 머리에 그 말을 새겨 넣었다.

그러고 나서 문득 아직 자신이 제대로 이름을 대지 않았다는 사실을 깨달았다.

"제오 님은 제 이름을 알고 계시는군요."

"아아, 유명하거든. 너도, 네 남편도."

국왕 랑드레이도 알리시아에 관해 알고 있었다. 제오르디스도 라이센 부부에 관해 들어 아는 모양이었다.

"그런 것 같더군요. 하지만 제게 뿔은 없답니다……. 어머, 당신은 이전에."

원형을 잃어버린 상태가 돼버린 '사신 공주'의 소문에 관해 이야기하려 한순간이었다. 제오르디스의 등 뒤에서 철컹철컹 금속이 스치는 소리가 나면서 은색의 사람 그림자가 나타났다.

"……이거…… 오랜만입니다, 라이센 강공작부인."

딱딱한 어조로 인사를 한 사람은 얼마 전에 국왕의 친서를 갖고 라이센 저택을 방문했던 플로리안 마벨이었다.

그도 역시 인상적인 청년이었기에 알리시아는 잘 기억하고 있었다. 무엇보다 그때 입고 있던 고풍스러운 은색 갑옷을 그대로 입고 있었다. 다른 사람과 착각할 수가 없었다.

"오랜만이에요. 예 그러니까, 마벨 님이셨죠. 뭔가 훈련이라도 하고 계시는가요? 열심이시네요."

사자로서 공식적인 자리에 나서느라 갑옷을 입었다면 그나마 이해할 수 있었다.

그러나 왕립 도서관 안에서도 입고 있다면야 이제는 뭔가 훈련을 하고 있다고 생각할 수밖에 없었다. 번개가 미쳐 날뛰고 있을 때라면 모르겠지만, 쥐 죽은 듯 조용한 도서관 안에서는 움직일 때마다 금속판이 살짝 스치는 소리가 귀를 찌른다.

"……아뇨, 제게는 이것이 제복이나 마찬가지입니다."

힐끗 제오르디스를 바라보면서 플로리안은 모호하게 대답했다. 제오르디스가 의미심장하게 웃었다.

"그렇지. '순결한 은기사'에게는 말이야."

"……왕자님."

나무라듯이 플로리안이 불렀지만, 제오르디스는 개의치 않으며 그를 알리시아에게 소개했다.

"알리시아. 사실 플로리안은 내 시종이야. 좋은 녀석이라서 옛날부터 나한테 잘 해줬지."

"어머, 왕자 전하의 시종이신가요. 마벨 님은 엄청 대단한 분이군요. 그래서 사자 역을 맡으셨나요?"

시종은 말하자면 시녀의 남자판으로 집사가 겸임하는 집도 많았다.

과연 왕궁이에요.

돈 냄새를 느낀 알리시아는 눈을 반짝거렸다. 그런 알리시아의 말에 제오르디스는 히죽거리면서 플로리안을 바라보았다.

"그래, 이 녀석은 엄청 대단하다고. 무엇보다 얼마 없는 내 친구 중 한 명으로, 가장 신뢰하는 녀석이니까. 이 녀석을 사자로 내세우면 분명히 알리시아와 카슈반도 왕궁까지 와주리라 생각했지. 그렇지?"

노골적으로 떫은 표정을 지은 채 플로리안은 침묵하고 있었다. 플로리안을 사자로 삼은 자는 역시 국왕도 재상도 아닌 제오르디스였던 모양이었다.

알리시아가 저 갑옷은 얼마 정도 할까, 어디서 손에 넣었는가를 질문하려고 했을 때였다. 갑자기 제오르디스가 가까이 있는 책장 그림자 속으로 슥 팔을 뻗었다.

"어이, 뮤제. 도망치지 마. 너도 소문의 사신 공주가 신경 쓰이잖아. 나와."

제오르디스가 즐겁게 웃으면서 사람들 눈앞으로 끌어낸 것은 은색 머리카락을 가진 아름다운 소녀였다.

백자와도 같이 하얀 피부, 맑은 물색 눈동자, 작은 코와 얇은 입술. 부러질 듯이 가늘고 호리호리한 몸을 청초한 하얀 드레스로 감싸고 있었다.

지금은 겁먹은 표정을 짓고 있었지만…… 아니 겁먹은 표정이 잘 어울리는, 어딘가 그림자를 드리운 나른한 분위기를 띤 미소녀.

"알리시아, 이 녀석은 뮤제 마벨. 플로리안의 동생으로 내 약혼자다."

비명도 지르지 못하고 제오르디스에게 손목을 붙잡힌 채 떨고 있는 뮤제를 제오르디스가 지극히 당연하다는 듯이 소개했다.

공포 소설 여자 주인공 중에 이런 분이 많이 있죠. 그런 생각을 하면서 알리시아는 태평하게 다시 이름을 댔다.

"뮤제 님이라고 하시는군요. 무척 아름다우세요. 오라버님과 똑 닮으셨군요. 처음 뵙겠어요. 저는 알리시아 라이센이라고 해요."

"……처, 처음 뵙겠습니다……. 고맙습니다……."

꺼질 듯이 가느다란 목소리로 뮤제는 그 말만 중얼거렸다. 소녀와 똑 닮은, 그러나 사람에게 주는 인상만큼은 상당히 다른 오빠는 한층 더 괴로운 표정을 지으며 시선을 돌려버렸다.

"그런데 알리시아, 여기 뭘 하러 왔어?"

제오르디스의 질문에 알리시아는 아까부터 노라가 보내고 있는 '빨리 나가죠'라는 신호를 악의 없이 완전 무시하고 대답했다.

"도서관을 견학하러 왔답니다. 저기, 제오 님. 여기 있는 책은 반출 금지인가요? 가능하다면 몇 권인가 빌려 가고 싶은데요."

알리시아가 질문을 되던지자 제오르디스는 의외라고 생각했는지 눈썹을 치켜세웠다.

"뭐야, 너. 정말로 책을 읽을 생각인가?"

"네? 아, 죄송합니다. 여기는 책을 바라보면서 그저 부러워해야만 하는 곳인가요?"

그렇다면 이곳의 책은 그야말로 그림의 떡. 독서광에게는 정말 잔혹한 장소였다.

하지만 그것도 조금은 재미있을지도…… 알리시아는 바로 그렇게 현 상황에 순응했다. 그런데 제오르디스는 '아냐 아냐'라면서 웃었다.

"귀족 자녀들이 가끔 이곳에 오는 일이 있지만, 여기엔 가슴 두근거리는 연애 소설 따위는 없어서 말이야. 대개는 와본 정도만으로 만족하고, 진귀한 경험담으로 삼을 뿐이지만…… 흐응."

알리시아를 바라보는 제오르디스의 표정에서 웃음기가 사라졌다.

그러나 호기심만큼은 눈에서 더욱 강하게 빛나기 시작했다. 억지로 알리시아의 손을 잡아끌며 데리고 나가려던 노라는 제오르디스가 뿜어내는 불온한 기세를 느꼈기 때문인지 겁먹고 손을 거둬버렸다.

아름다운 마벨 남매 역시 제오르디스와 알리시아의 모습을 훔쳐보면서 뭐라고 말하고 싶어 하는 듯했다.

그러나 알리시아의 관심은 이미 온통 책으로 쏠려 있었다.

"저기, 저 '비 오는 날에는 악령이 대합창한다'를 읽고 싶은데, 이곳에 꽂혀 있나요?"

"마님!"

하필이면 왜 그 책이냐고 말하고 싶은지 노라가 얼굴색을 바꾸었다. 그런데 알리시아의 말이 끝나기 무섭게 제오르디스의 표정이 확 밝아졌다. 그의 주변에 감돌던 불온한 공기도 사라졌다. 제오르디스는 어린애처럼 신이 나서 떠들기 시작했다.

"'비 오는 날에는 악령이 대합창한다'라고? 알리시아, 너 혹시 '일곱 번 죽은 연금술사'에 관심이 있어?"

"어머! '칠련'을 아시나요?!"

"오오, 그 이름을 아는 걸 보니 꽤 골수팬이군! 그럼 물론 '연팔'도 알겠네!!"

"네네, 물론이죠. 그럼 설마 설마, 이곳에는 '칠련'도 '연팔'도 있나요?!"

골수팬만이 이해할 수 있는 단어를 교환하며 알리시아가 질문하자 제오르디스는 히죽 웃었다.

"아아, 있지. 예전에는 없었지만, 내가 찾아서 입고했지."

제오르디스를 둘러싼 공기가 또다시 바뀌었다.

"나는 옛날에 '도서관의 유령'이라고 불리고 있었으니까 말이야. 그렇지? 플로리안, 뮤제."

"―왕자님, 이제 그만하십시오."

더는 참을 수 없는지 플로리안이 그를 제지했다. 그러나 이번에는 알리시아가 눈을 빛내면서 물고 늘어졌다.

"'도서관의 유령'? 멋진 이름이네요. 그런데 왜 그렇게 불리셨죠?"

그 별명에는 알리시아가 좋아하는 것들이 합체되어 있었다. 내친김에 돈이나 먹을 것과도 합체한다면 최강이겠다고 생각하며 알리시아는 질문을 던졌다. 그런데 제오르디스는 히죽거리면서 갑자기 다른 얘기를 꺼냈다.

"알리시아. 이곳에 오기 전에 내 이야기를 들은 적이 있어?"

한순간 알리시아는 고개를 갸우뚱하면서 '아뇨'라고 대답했다. 제오르디스 왕자의 존재 자체를 어제 처음 알았다.

"그럼 왕궁의 아무나 붙잡고 물어봐. 예를 들면, 음, 저기 서 있는 너희를 안내한 종복."

그때까지 줄곧 노라 이상으로 도망치고 싶은 얼굴로 문 옆에 서 있던 종복이 흠칫하고 어깨를 떨었다.

"저 녀석에게 나에 관해 물어봐. 얼른."

"에, 예……."

제오르디스가 재촉하는 대로 알리시아가 질문을 던지기 직전, 종복은 등줄기를 곧추세우더니 떠벌떠벌 말을 늘어놓기 시작했다.

"제, 제오르디스 왕자 전하는 돌아가신 왕비 브랑가네 님이 마지막으로 남기신 분입니다. 왕위 쟁탈전에 휘말려 암살당할지도 모른다고 우려하신 스탕발 재상 각하께서 오랜 시간 존재를 감춰오셨습니다만, 근년에 왕궁으로 돌아오셨습니다. 그러므로 여러분이 모르시는 것도 당연합니다."

마치 국어책을 읽는 듯 억양이 없는 대답. 제오르디스가 다시 웃기 시작했다.

"봤지? 다들 잘 기억하고 있을 거야. 나중에 다른 녀석들에게도 물어봐. 재미있다고. 다들 완전히 똑같은 말을 하니까. 최근에는 이 내용을 제대로 암기하지 않으면 왕궁에서 일할 수 없나봐."

"왕자님, 적당히 하십시오."

이번에는 명백하게 노기가 서린 어조로 플로리안이 주의를 주었다.

"오오 무서워라. 네 오라버니는 정말 무섭다, 뮤제."

과장되게 겁먹은 척하면서 제오르디스가 장난스럽게 뮤제를 끌어당겼다. 뮤제는 움찔했지만 제오르디스가 하는 대로 팔에 안겨 몸을 떨었다.

제오르디스만이 즐거워하는 공기를, 노라가 던진 뜻밖의 한마디가 깨버렸다.

"와…… 왕자 전하는 레이덴 백작님과 어떤 관계이신가요?"

줄곧 노라가 품고 있던 의문이었으리라. 그 의문을 입에 올렸다는 사실에 스스로도 놀란 얼굴을 했지만, 눈은 필사적으로 제오르디스를 응시하고 있었고 질문을 철회하려고 들지도 않았다.

"헤에, 의외로 배짱 좋은데. 너, 이름이 뭐냐?"

"노…… 노라 텔페스, 라고 하옵니다."

"노라, 노라란 말이지. 있잖아 노라. 어제 말했잖아? 나는 예전에 사회 공부를 하려고 신분을 숨기고 각지의 명문가를 전전했었다고 말이야. 그때, 나랑 닮은 처지인 티르와 만났지."

용기 있는 노라의 행동을 나무라는 일도 없이 제오르디스는 재미있어하며 대답했다.

"그 녀석은 말이야. 지방백 이름을 내세우는 짜증 나는 녀석인 데다가 실력도 없는 주제에 바로 허세를 부리는 허세쟁이잖아? 그래서 항상 외톨이었어. 그래서 불쌍하다는 생각에 친구가 돼줘서 여러 가지로 감싸줬지."

가족을 잃은 이후로 티르나드는 후견인 사이를 전전했다고 한다. 그때 제오르디스와 만났는데, '제오르디스가 감싸'줬다고……?

"……혹시 제오 님이 레이덴 백작님 등에 있는 상처를 새기셨나요?"

언젠가 보았던 티르나드 등의 상처를 떠올리자 알리시아의 목소리도 자연스럽게 작아졌다.

'쓸모없는 녀석', '쓸모없는 밥벌레', '아버지는 불덩어리가 되었습니다'.

날붙이로 새겨진 참혹한 상처 자국 중에는 이미 치유되어서 읽을 수 없었던 것도 있었다. 그러나 티르나드의 마음에는 새겨질 당시와 같은 깊이로 상처가 깊게 새겨져 있었다. 그랬기에 이런 비참한 상황에서 구원해준 유란을, 속았다는 사실을 알게 된 후에도 계속 따랐다.

"말을 생각해낸 사람은 나였지만, 새긴 건 그 녀석을 후견하던 집 자식들이었어. 아직도 제대로 읽을 수 있나? 그 녀석들 완전 서툴렀고, 티르는 계속 발버둥 쳤으니까."

제오르디스는 그립다는 듯이 말했다. 목소리에서 죄책감이라고는 조금도 느낄 수 없었다.

"……그, 그뿐, 인가요?"

노라는 할 말을 잃었지만, 제오르디스는 히죽거릴 뿐이었다.

"나는 티르의 친구라고. 괜찮잖아. 외톨이로 있기보다 누군가가 같이 있는 편이 더 즐겁잖아? 게다가 그 상처 덕분에 알리시아도 노라도 티르를 동정하는 모양이고. 특히 노라. ……좋구나, 부럽네."

약혼자를 품에 안으면서 제오르디스는 알리시아와 노라를 핥듯이 바라보았다.

노라는 숨을 삼키며 뒤로 한 발 물러섰다. 반면 알리시아는 솔직한 의견을 입에 담았다.

"하지만 제오 님이 일방적으로 친구라고 생각하고 계실 뿐, 레이덴 백작님은 그렇게 생각하지 않을지도 몰라요. 저도 후견인인 숙부님 손에 두 번이나 팔려갔지만, 몸에 상처가 새겨지거나 하지는 않았어요."

"마, 마, 마, 마님?!"

노라가 절규했다. 플로리안도, 뮤제도 그리고 죽을 것 같은 얼굴로 이쪽을 보고 있던 예의 종복도 눈을 크게 떴다.

제오르디스는 한순간 어안이 벙벙한 얼굴을 했다. 그러나 그도 잠시. 소리를 내어 웃기 시작했다.

"아아, 알리시아. 넌 정말 재밌는 녀석이야!! 그래, 그 말대로다."

제오르디스는 어깨를 흔들면서 중얼거렸다. 그리고 옆에 서 있는 플로리안을 의미심장하게 바라보았다.

"나와 넌 친구지? 플로리안."

"……예."

"그렇고말고. 게다가 곧 형님과 매제 사이가 될 테니. 그렇지? 뮤제."

몸을 굳힌 뮤제의 귓가에 제오르디스가 달콤한 목소리로 속삭였다.

"너는, 나를 좋아하니까. 그렇지? 뮤제."

"예에……. 저는…… 제오 님을 조, 좋아, 합니다……."

들릴 듯 말 듯 한 뮤제의 대답에 철그렁 금속음이 섞였다.

소리의 발생원으로 눈을 돌린 알리시아는 플로리안이 제오르디스를 쏘아 죽일 듯한 눈으로 노려보고 있음을 알아차렸다. 저도 모르게 몸을 움직인 듯했다. 그러나 플로리안은 결국 그 이상은 행동에 나서지는 않았다. 대신 가시 돋친 목소리로 진언했다.

"……왕자님, 슬슬 돌아가셔야 합니다. 식사 시간입니다."

"그러고 보니 그러네. 그럼 알리시아, 노라도 같이 가자."

"안 됩니다. 예정에 없는 사람을 동석시켜도 좋을 상대가 아닙니다."

플로리안의 목소리에는 반론을 용납하지 않는 울림이 있었다.

"어머, 누군가와 만나시나요?"

알리시아가 천진난만하게 물었지만, 플로리안은 '말씀드릴 수 없습니다'라고 쌀쌀맞게 대답할 뿐이었다.

제오르디스도 한숨을 쉬는 모습을 볼 때, 그조차도 억지를 부릴 수 없는 상대인 듯했다.

"알았어. 친구니까 때로는 말을 들어줄게."

우정을 과시하듯이 제오르디스가 플로리안의 갑옷에 싸인 어깨에 손을 갖다 댔다. 차가운 금속을 사이에 둔 접촉이었는데도 플로리안의 얼굴이 눈에 보일 정도로 실룩였다. 제오르디스는 히죽거리며 그 모습을 바라보았다.

"그럼 알리시아, 노라. 아아, 이곳 책은 왕궁 내라면 자유롭게 갖고 나갈 수 있어. 누가 뭐라고 하면 내 이름을 대도 상관없어."

뮤제의 어깨를 끌어안은 제오르디스는 철컹철컹 요란한 금속음을 울리는 플로리안을 대동하고 그대로 자리를 떴다.

"저기 노라. 남자분들은 상대에게 꽤나 '좋아한다'는 말을 하게 만들고 싶어 하나 봐요."

"……마님, 지금 이 상황에 대한 감상은 그것뿐인가요……?"

기력을 다 써버렸는지 가까이 있는 책장에 기댄 노라는 드물게도 가르침 구절을 외면서 신음했다.

알리시아는 성공적으로 '비 오는 날에는 악령이 대합창 한다'를 찾아낼 수 있었다. 싱글벙글 웃는 얼굴로 돌아온 알리시아는 의자에 앉아 재빨리 묘한 책을 펼쳤다. 카슈반은 아직 돌아오지 않은 모양이었다.

노라는 티르나드의 의견을 존중해 직접 병문안을 가려고 들지는 않았다.

그러나 세이그람이 알리시아의 방에 얼굴을 내밀자 그를 붙잡고 서로 굳은 얼굴로 뭔가를 이야기했다. 이야기를 마친 세이그람은 다시 돌아갔다. '뭐가 친구냐……!'라고 중얼거리는 옆얼굴은 무척 험악했다.

알리시아도 티르나드를 걱정하고 있었다. 오히려 나한테는 오지 말라는 말을 하지 않았죠, 라면서 먼저 병문안을 가려고 했다. 그랬는데 노라와 세이그람에게 저지당했다.

'마님은 악의 없이 사람의 상처를 들쑤실 때가 있으니 지금 레이덴 백작님을 만나게 하기엔 위험합니다'가 노라의 의견이었다. 덧붙여 세이그람은 딱 잘라서 '오히려 용태를 악화시킬 테니 오지 마십시오'라고 말했다.

"레이덴 백작님, 줄곧 방에 틀어박혀서 심심하실지도 몰라요. ……그래요, 책이라면 자리에 누운 채로도 읽을 수 있겠네요. 책이라도 보내드릴까요."

알리시아 나름대로 신경 쓴다고 써서 환자가 읽을 만한 책은 무엇일까 머릿속을 검색했다.

평판대로 끈적끈적하고 기분 나쁜 묘사가 일품인 '비 오는 날에는 악령이 대합창 한다'는 환자, 거기에 공포 소설에 익숙하지 않은 사람에게 권해주기에는 좀 강렬했다. '칠련', '연팔'은 말할 나위도 없었다.

"차라리 취향을 바꿔서 '꿈의 왕자님'을 갖다 드릴까…… 하지만 그 책, 카슈반 님에게는 평판이 좋지 않았죠……. 그리고 보니 지스칼드 님, 정말로 괜찮으실까요."

알리시아가 에르티나가 정말로 좋아하는 왕도 소녀 소설 제목을 중얼거리며 생각에 잠겼는데, 갑자기 밖에서 문을 두드리는 소리가 들렸다.

바로 노라가 문을 열고 대응했다. 방문자와의 대화는 짧게 끝나서 알리시아로서는 상대가 얼굴을 모르는 병사였다는 점만을 알 수 있을 뿐이었다. 그러나 병사를 보내고 되돌아온 노라는 기묘한 표정을 짓고 있었다.

"마님, 재상 각하로부터 내려온 통달입니다. 다음 지시가 있을 때까지 절대로 방에서 나가면 안 된다고 하네요."

"어? 왜요?"

설마 진짜로 유폐되나? 알리시아의 가슴이 살짝 두근두근했다. 하지만 노라도 더는 사정을 모르는 듯했다.

"이유는 모르겠지만, 방을 나선 자는 반역죄 적용도 고려하고 있다고 하네요……. 마님, 일생일대의 부탁이니까 절대로절대로절대로저얼대로 방 밖으로 나가시면 안 돼요. 마님뿐만 아니라, 카슈반 님과 다른 사람들에게도 폐가 되니까요."

"알았어요. 어머, 그렇다면 책을 좀 더 잔뜩 빌려놓을 걸 그랬어요……."

가뜩이나 값이 비싼 책을 대량으로 들고 나왔다가 잃어버리기라도 하면 안 된다는 생각에 한 권밖에 빌리지 않았다. 노라가 도서관에 오래 머물고 싶어 하지 않았던 탓도 있었지만, '비 오는 날에는 악령이 대합창 한다'는 벌써 다 읽어버렸다.

그러나 알리시아는 빈곤한 생활을 하며 쌓아온 경험이 풍부하다. 책 한 권을 골수까지 빼먹을 방법을 알고 있다.

"됐어요. 우선 다시 한번 읽죠. 다 읽고 나면 이번에는 최종 장부터 거꾸로 읽고, 그게 끝나면…… 그래요, 노라. 둘이서 '비

오는 날에는 악령이 대합창 한다'를 음독할래요? 나는 습기를 흡수하면 크게 부풀어 오르는 악령 레가타를 할 테니, 노라는 물웅덩이로 변신하는 게 취미인 악령 페페루제를 맡아줘요. 평소에는 물병에 들어가 있으니까, 그 점을 고려해서 읽어줘요."

"……그 이야기에 인간은 안 나오나요?"

기분을 바꾸고 싶어서일까, 노라는 무리한 주문에 질린 기색이었지만 알리시아가 권하는 대로 옆에 앉았다.

"두 번 다시 마님이 권하는 책은 안 읽을래요……."

노라는 새파랗게 질린 얼굴로 침대에 엎드려 있었다. 알리시아는 노고를 치하하는 뜻을 담아 등을 쓰다듬어주었다.

이미 해는 저물어 있었다. 겨울이 가까운 탓인지 창밖은 완전히 어두워졌지만, 아직 재상으로부터 속보가 전해지지 않았다. 점심에 이어 호화로운 저녁 식사가 방으로 날라졌지만, 노라는 일절 손을 대지 않고 끙끙 신음하고 있었다.

"미안해요, 노라. 역시 '비약'은 초보자에게는 좀 강렬한가 보네요. 배고프죠? 자, 물이라도 마셔요."

"하지 마세요, 제게 물병을 보이지 말아주세요오오오!!"

지금 막 생긴 마음의 상처를 마구 쥐어뜯긴 노라가 공황 상태에 빠졌다. 알리시아가 열심히 위로하노라니, 또다시 문을 두드리는 소리가 들렸다.

"예……. 아, 카슈반 님, 트레이스. 어서 오세요!"

다가가서 문을 열어준 알리시아는 반나절 만에 보는 남편의 얼굴을 보고 기쁜 표정을 지었다. 카슈반도 눈꼬리만을 살짝 움직여 미소 지었지만, 얼굴에 피로한 빛이 짙다.

"왜 그러시죠? 얼굴빛이 안 좋으세요……."

"……여기에도 스탕발 재상에게서 연락이 왔을 테지."

실내를 둘러보면서 카슈반이 질문하자 알리시아는 비틀비틀 몸을 일으키는 노라를 부축하면서 대답했다.

"예. 노라가 이야기를 들어주었어요. 하지만 밖에 나가지 마라, 나가면 반역죄를 적용할지도 모른다는 말뿐이었어요."

"그랬군."

다시 말해 아무 얘기도 듣지 못했다는 말인가. 그 사실을 이해한 카슈반은 바로 트레이스에게 '너는 세이그람에게 이야기를 전하러 가라'고 명령하고, 알리시아와 노라에게 손짓을 했다.

카슈반이 두 사람을 한꺼번에 부르는 일은 거의 없다. 알리시아와 노라가 희한하게 생각하면서 가까이 다가가자, 카슈반은 몸을 굽혀 작은 소리로 속삭였다.

"국왕 폐하께서 암살자에게 습격당하셨다."

"옛?"

너무 의외라서 두 사람은 그 말을 바로 이해하지 못했다. 멍하니 있는 두 사람에게 카슈반은 한층 더 목소리를 낮추어 사정을 설명했다.

"그렇다고 해도 암살당하진 않았다. 대단한 상처는 없나 보더군. 단지…… 겁을 먹고 자기 방에 틀어박혔다."

어제 알현의 방에서 카슈반과 이야기하는 정도만으로도 겁을 먹었던 왕의 모습을 알리시아는 떠올렸다.

보통 사람도 살해당할 뻔하면 무서워지기 마련이다. 그런데 하물며 그 겁쟁이 랑드레이가 암살당할 뻔했다. 상처 입은 정도에 따라 다르겠지만, 그래도 성대하게 쓰러져서 지금쯤 고열이라도 내고 있음이 분명했다.

"폐하를 대신해 스탕발 재상 각하가 전권을 위임받았어. 뭐, 평소에도 절반쯤은 그렇긴 했는데…… 현재 왕궁 안은 표면상으로는 조용하지만 물밑으로는 범인을 찾으려고 난리도 아니야. 덕분에 예의 라그라드르인과 협력하는 등등 이야기는 일단 전부 보류 상태가 됐다."

"어머나……."

알리시아는 음독하던 중간부터는 노라의 몫까지 악령 페페루제를 연기하거나, 기분이 안 좋아진 노라 몫까지 접시를 비우는 등 나름 바빠서 전혀 눈치채지 못했다. 하지만 아무래도 방 밖에서는 큰일이 벌어지는 모양이었다.

그렇다고는 하나 명석하기로 이름 높은 재상 이달이 전권을 쥐고 있다. 또 내용이 국왕 암살 미수범을 찾는 내용이 되다 보니, 가능하면 파란을 일으키지 않고 사태를 해결하려고 생각하고 있음이 틀림없었다.

"하지만 암살자라니웁웁."

"알리시아, 말하고 싶은 바는 잘 안다. 하지만 내가 지금 이 이야기를 한 까닭은 너희가 쓸데없는 소리를 하지 않기 바라서

다."

위험한 발언을 하려던 알리시아의 입을 막으면서 카슈반은 진지한 얼굴로 두 사람을 보았다.

"목격 정보에 따르면 범인은 갑자기 국왕 폐하의 방에 나타나 폐하를 칼로 베고 눈 깜짝할 사이에 사라졌다고 한다. 순식간에 벌어진 일로 외모는 확실하지 않지만 검은 옷을 입은 호리호리한 체격, 성별은 불명이지만 아마도 남자. 머리카락 색은 은색혹은 백발."

"카슈반 님, 그거…… 읍."

이번에는 노라의 입을 막으며 카슈반은 검은 눈동자를 빛냈다.

"알겠지? 재상 각하는 나와 발로이, 오델 후작을 의심하고 있다."

대단한 실력을 갖춘 신출귀몰한 암살자. 검은 의상에 색소가옅은 외모.

이 조건만으로도 사정을 아는 자들은 일이 어떻게 돌아가는지 바로 짐작할 수 있었다.

루아크, 레네, 그리고 이전에는 루아크의 형을 사칭했던 제다. 왕가와 '날개의 기도' 교단이 공모해 라그라드르인에 대항할 조직으로 만들었던 '장난감 군대' 구성원들.

조직이 해체된 현재, 루아크는 알리시아와 카슈반을, 레네는 발로이를 주인으로 모시고 있다. 제다는 현재 발로이의 용병단에서 지내고 있지만, 지스칼드의 부하였던 적도 있다.

이 사실을 알아버린다면 당연히 주인의 뜻에 따라 그들이 움직였다, 그렇게 보겠지.

"당연히 나는 아니야. 나머지 두 사람도 자신이 왕궁에 불려와 있는데 국왕 암살을 꾸밀 만큼 멍청하지는 않겠지. 현시점에서는 동기도 확실치 않다. 하지만 털어서 먼지가 나오는 몸인 점만은 분명하다."

국가의 어두운 부분에 관련되었던 사람들을 데리고 있다. 우선 그 사실만으로도 반역을 꾸미고 있다고 의심받아도 할 말은 없었다.

알리시아는 전에 지스칼드에게 똑같은 지적을 받은 적이 있다는 사실을 기억해냈다. 그때 지스칼드는 자신과 제다가 연결돼 있다고는 누구도 믿지 않는다며 자신만만하게 말했다. 그러나 왕가가 본격적으로 조사하려고 마음먹는다면 어찌 될지는 알 수 없었다.

"최악의 경우, 우리 세 사람을 한꺼번에 처리하기 위해 미리 세워둔 계획일 가능성도 있다. 폐하의 상처가 스친 정도로만 끝났다는 점에서도 냄새가 나. 그렇다면 입을 막아도 의미는 없지만, 어쨌든 누가 물어도 아무 말도 하지 마라. 알았지?"

두 사람의 입을 덮었던 손을 내리고, 카슈반은 알리시아를 가볍게 노려보았다.

"특히 알리시아. ······너, 왕자 전하에게 책을 빌렸다더군. 왕자 전하께서 알리시아는 책 읽는 취미가 좋다고 칭찬하셔서 깜짝 놀랐다. 분명히 도서관에 가도 좋다고는 말했지만, 나와 한 약속을 잊어버렸나?"

제오르디스가 다 떠들어버린 모양이었다. 카슈반의 추궁에 알리시아는 당황해서 사죄했다.

"죄송합니다, 카슈반 님…… . 제오 님, 아니 왕자 전하께서 제가 좋아하는 책을 많이 알고 계시기에 기쁜 나머지…… 가능하다면 앞으로 다섯 권 정도 더 빌리고 싶습니다만…… ."

무심코 제오르디스의 애칭을 부르면서 사과하자, 카슈반은 깊게 한숨을 내쉬었다.

"뭐, 그 왕자 전하라면 네 입을 열게 만드는 일 정도야 쉬웠겠지…… . 그래, 무슨 얘기를 했지?"

카슈반은 이전에 약속한 대로 만났던 사람과 어떤 대화를 나눴는지 보고하라고 명령했다. 알리시아가 의욕에 넘쳐서 대답했다.

"예, 보고하겠습니다! '칠련', '연팔'도 매우 재미있을 것 같았지만, 역시 가장 읽고 싶은 책은 '비악'이었기 때문에, '비악'을 빌렸습니다!!"

"……노라. 전문 용어가 너무 많아서 이해가 잘 안 되는데, 통역을 해줄 수 있을까?"

"두 분 다 괴상한 책을 좋아한다는 뜻입니다."

매우 간결하게 잘라 말한 후, 노라는 아직도 기분이 안 좋은지 이마에 손을 갖다 대면서 설명을 덧붙였다.

"……벌써 세이그람에게는 이야기했지만, 그 왕자님 이전에 레이덴 백작님을 괴롭히던 상대 같아요. ……등에 있는 상처의

문장을 생각해내서 졸개한테 새기게 시켰다고 하더군요. 미안해하는 기색 하나 없이 히죽히죽 웃는데⋯⋯."

노라가 한층 더 울적한 표정을 지으면서 하는 설명을 듣고, 카슈반도 얼굴을 굳히면서 침묵했다.

"예, 그렇답니다. 카슈반 님. 왕자 전하는 레이덴 백작님을 친구라고 생각하셨어요. 하지만 분명히 레이덴 백작님은 그렇게 생각하지 않으시겠죠?"

알리시아의 질문에 카슈반은 험악한 표정으로 고개를 끄덕였다.

"⋯⋯그렇겠지. 아무래도 나도 그 녀석과 친구가 되긴 어렵겠군."

검은 눈동자에 날카로운 빛이 가득 차 있었다. 그 모습은 조금 전에 노라에게 같은 이야기를 전해 들은 세이그람과 똑같았다.

"하지만 마벨 님⋯⋯ 그, 이전에 아즈베르그에 사자로 오신 그분 말이에요. 그분은 왕자 전하의 친구라고 하시더군요."

카슈반이 발산하는 찌릿찌릿한 분위기에 살짝 겁먹으면서 알리시아는 서둘러 말했다. 노라도 살짝 몸을 뒤로 빼면서 중얼거렸다.

"그런 얘기를 했었죠. 게다가 동생은 약혼자라던가⋯⋯. 똑같이 호리호리한 체구인데도 마님과는 정반대로 덧없는 느낌인 아름다운 분이셨죠⋯⋯. 그런데 불쌍하게도."

"왕자 전하가 '도서관의 유령', 마벨 님이 '순결한 은기사'였죠. 두 분 다 멋진 별명을 갖고 계세요. 그래서 친구가 될 수 있었을까요?"

도중부터 이야기가 즐거워졌는지 알리시아가 들떠서 떠들기 시작했다. 그런 알리시아를 내려다본 카슈반이 가볍게 코웃음을 쳤다.

"……흥, 꽤 오래 이야기를 했군그래."

조금 전과는 다른 방향으로 카슈반이 신경이 곤두섰음을 알아차린 알리시아는 풀이 죽었다.

"죄송합니다, 카슈반 님. 두 번 다시 도서관에는 가지 않겠습니다. 또, 다시는 왕자님과 이야기하지 않겠어요……."

"……그렇게까지 하지 않아도 돼. 꽤 도움이 되는 정보도 얻을 수 있었으니까. '도서관의 유령'에 '순결한 은기사'라."

알리시아의 대견한 반응을 보고 카슈반은 자신이 너무 심했나 싶었던 모양이었다. 풀이 죽은 아내의 머리를 가볍게 쓰다듬었다.

"게다가 솔직히 네가 나와 한 약속을 완벽히 지킬 리 없다고 생각하고 있었다. 오히려 많이 참았다고 생각하고 있는데…… 하지만 이번 암살 미수에 관한 일만큼은 입이 미끄러졌다는 말로는 끝나지 않을 거다. 잘 알아 둬."

"에, 예에. 노력하겠습니다."

"……진짜 정말로 노력해줘. 내가 차라리 계속 네 입을 막고 있고 싶을 정도다."

완전한 농담만은 아닌 듯한 카슈반이 하는 말을 듣고, 왜인지 알리시아는 얼굴을 붉게 물들이며 고개를 숙였다.

"왜 그래? 알리시아."

"아, 아뇨…… 입……."

알리시아는 힐끗힐끗 카슈반의 입가에 시선을 보내면서 눈을 내리깔았다. 그 모습을 보고 아내가 무슨 상상을 하는지 알아차린 모양이었다. 카슈반은 소리 없이 웃으면서 손을 뻗어 붉게 물든 아내의 뺨을 감쌌다.

"……그렇군. 시종일관 입술로 입술을 막고 있으면 떠들지 못하겠군?"

"잠깐만요! 갑자기 러브러브하지 말아주시겠어요?!"

드디어 얼굴빛을 회복한 노라가 지금이 어느 때인데 느긋하게 그러느냐고 가시 돋친 목소리로 쏘아붙였다.

"어, 어머, 미안해요."

서둘러서 알리시아가 사과하자, 노라는 깊게 한숨을 내쉬면서 화제를 원래대로 되돌렸다.

"정말이지 방심할 틈이 없다니까요……. 그나저나, 입이 미끄러져서 곤란할지도 모른다면, 마님의 취미를 살리면 어떨까요?"

"내 취미?"

"아까 악령 페페루제를 연기하고 있을 때는 줄곧 뺨을 부풀려서 이상한 소리를 내고 계셨잖아요. 그런 느낌으로, 아, 그래요. 말이 없고 낯을 가리는 주인공이 되면 좋겠네요. 그 '비악'인가 하는 이야기에 그런 주인공도 있었잖아요…… 읍."

또다시 기분이 나빠졌을까, 노라는 얼굴이 파랗게 질렸다. 노라가 한 말에 있는 오류를 알리시아가 정정했다.

"아니에요, 노라. 습기를 흡수하면 부풀어 오르는 것은 레가타에요. 노라가 쓰러지는 바람에 페페루제도 연기했지만요. 맞다, 카슈반 님. 누가 물으면 저는 악령 레가타, 습기 이외에는 관심이 없다고 대답하겠어요."

"……아니, 부탁이니까 차라리 아무 말도 하지 마라."

기운 빠지는 목소리로 카슈반은 그렇게 말하고는, 마지막에 일순간 천장을 올려다보았다. 그리고 '조사해야 할 일이 늘었다. 부탁한다'라고 중얼거렸다.

머리카락 끝이 살짝 흔들렸음을 알아차리고 알리시아가 시선을 들었다. 알리시아의 눈에는 아무것도 보이지 않았지만, 아마도 루아크가 가까이에 있었으리라. 실력이 뛰어난 암살자는 모습을 보이지도 않고, 무엇을 해야 할지 명확하게 명령을 듣지도 않고 어딘가로 사라졌다.

이틀 후 점심 무렵. 기분 전환을 하고 싶다며 에르티나는 노라와 알리시아를 불렀다. 부름을 받은 둘은 함께 에르티나의 방을 찾았다.

단, 이번에는 삼엄하게 무장한 병사들도 함께였다. 이달이 내린 외출 금지령은 오늘 아침 부로 해제되었다. 그러나 왕궁 내에서 불의의 사태가 발생했다는 명목으로 어디에 가든 국왕군 병사가 필수적으로 따라붙게끔 되어버렸다. 명목만 그럴싸할 뿐 결국은 감시역을 붙여놓은 바나 다름이 없었다.

"……지스도 완전히 의기소침해졌어요."

기분 탓일까, 조금 여윈 듯한 에르티나는 손도 대지 않은 차의 표면을 우울하게 들여다보며 중얼거렸다.

이틀 전에 카슈반이 말한 대로 라그라드르와의 융화 정책과 관련돼 있던 세 사람은 지금은 국왕 암살 미수 용의자가 돼 있었다. 걱정했던 대로 오늘 아침에도 또다시 이달이 명령하는 바람에 카슈반은 어디론가 불려간 상태였다.

세 사람을 의심하고 있다고 해도 발로이는 타국 사람. 그것도 손도 발도 댈 수 없다는, 라그라드르 용병단장. 증거도 없이 섣불리 혐의를 씌웠다가는 융화 정책은커녕 배상 문제로 발전할 가능성조차 있었다.

그 때문에 이달의 추궁은 온전히 카슈반과 지스칼드에게 향했다는 모양이었다. 물론 이전부터 좋지 않은 소문이 돌던 카슈반을 향한 추궁이 더 심했지만, 지스칼드에게는 카슈반과 나란히 반역자 취급을 받는 일 자체가 더할 나위 없는 굴욕이리라.

"원래부터 라그라드르와의 융화 정책은 아버지가 발안했나 봐요. 하지만 이달은 그런 이야기를 순순히 용인할 남자가 아니야. '날개의 기도' 교단의 경건한 신자라고 자칭하고 있기도 하니까……. 정말로 처음부터 지스와 카슈를 함정에 빠뜨릴 생각으로 불렀을지도 모르겠네요. ……그런데, 알리시아. 언제까지 그러고 있을 생각이죠?"

"……"

이번에야말로 카슈반과 한 약속을 실천하고자, 알리시아는 방에 들어선 그 순간부터 손으로 입을 막고 있었다.

노라가 '정말 송구합니다'라고 필사적으로 사죄하는 말을 들으면서, 에르티나는 쓴웃음을 지었다.

"뭐 괜찮아요. 알리시아는 거기에 있어 주기만 해도 왠지 모르게 분위기가 부드러워지니까. 평소에는 그 외에는 특별히 도움이 되지도 않고. 지금 레네를 부르기는 조금 곤란할 듯해서 말이죠……"

에르티나가 스리슬쩍 심한 말을 했다. 그런 에르티나에게 알리시아를 대신해 노라가 머뭇머뭇 질문했다.

"저, 그래도 오델 후작은 아무리 후작 부인 쪽에서 강혼하셨다고는 해도 왕가와 인척 관계에 있는 분이십니다. 유력한 지방백이시기도 한 그분을 재상 각하께서 함정에 빠뜨리는 짓을 하실까요……?"

"─그러므로 한층 더 그러는 거예요. 지스는 국왕이 되려는 야심이 있어요. 그러려고 내게 접근했다는 사실을 아버님도 이달도 알고 있어. 덧붙여 최근에는 당신들과 얽혀서 여러모로 소동을 벌였잖아요? 말하자면 지스는 너무 눈에 띄어요. 그렇지 않아도 눈에 띄는 남자인데 말이야. 이달이 이쯤 해서 제대로 혼을 내주자고 생각했다고 쳐도 이상하지 않아요."

씁쓸한 어조로나마 에르티나는 남편이 놓인 상황을 냉정하게 분석했다.

"게다가 이달은 제오르디스를 무슨 일이 있어도 왕으로 만들고 싶은 모양이니까. 장래에 그 아이에게 적이 될 만한 상대를 한꺼번에 모아서 처리하고 싶었을지도 모르죠."

미지근하게 식은 차를 후루룩 들이켜며, 에르티나는 마지막에 혼잣말했다.

"……어쩌면 그 안에 나도 들어가 있을지도 몰라요."

품위 있는 동작으로 에르티나는 탁자 위에 찻잔을 내려놓았다. 그 소리가 무척이나 크게 울렸다.

"에르티나 님…… 그럴 수가, 왜 에르티나 님이 왕자 전하의 적이 되겠어요? 게다가 국왕 폐하는 아직 살아계시는데 재상 각하는 어째서."

말이 없어진 에르티나를 보고 알리시아는 저도 모르게 약속을 깨버렸다. 바로 그때 경쾌하게 문을 두드리는 소리가 들렸다.

알리시아를 따라온 병사들이 실내에는 들어오지 않았지만 문 밖에서 지키고 서 있을 터.

그런데도 손님이, 그것도 전 왕녀 전하였던 에르티나의 방에 찾아오다니 대체 무슨 일인가. 노라가 경계하면서 문을 열었다.

"누구…… 꺅!"

노라가 비명을 지르며 뒷걸음질 쳤다. 그런 노라를 재미있다는 듯이 바라보며 실내에 발을 들여놓은 자는 플로리안을 대동한 제오르디스였다. 플로리안이 감시역을 겸하는 듯, 수행하는 병사들은 달리 없었다.

"안녕하신가요, 에르 누님. 갑작스럽게 방문한 데에 따른 무례함은 부디 남매간의 우의로 용서해주십시오."

"……제오르디스."

특징적인 오른쪽 눈의 상처를 일그러뜨리면서 웃는 동생에게 에르티나는 딱딱한 표정으로 주의를 주었다.

"어린애도 아니고, 그렇게 부르지 말라고 몇 번이나 이야기했을 텐데요. 설령 남매라고 하더라도 나는 이미 다른 가문으로 시집간 몸. 오델 후작 부인이라고 부르세요."

"괜찮지 않습니까? 정말로 어릴 때는 누님이라고 부르지 못했으니 말입니다. 어이쿠, 에르 누님도 플로리안도 그렇게 무서운 얼굴 하지 마세요."

뭔가 의미심장한 제오르디스의 발언에 에르티나와 플로리안이 얼굴을 굳혔다. 그러나 본인은 그런 두 사람을 재미있다는 눈길로 바라볼 뿐이었다.

"……그래서, 대체 뭐하러 왔죠? 왕궁 안이 지금 어떤 상태인지는 알고 있을 텐데요. 단순히 시간을 죽이러 왔다면……."

"맞다 맞다. 왕궁 내에서 일어난 일대 사건에 관해, 아름다운 귀부인들의 근심 걱정을 해소해드릴 수 있겠구나 생각하고 있답니다."

점잖은 척 둘러 말하는 것과는 정반대로 제오르디스는 불온한 빛이 담긴 눈동자로 실내를 둘러보았다.

눈이 마주치기 직전에 노라는 시선을 외면했다. 하지만 알리시아는 '안녕하신가요? 제오 님'이라며 생긋 웃어 보이고는 또다시 손으로 입을 막았다. 카슈반과의 약속은 '인사말 이외에는 아무 말도 하지 마라'였기 때문이다.

"안녕, 알리시아. 그리고 에르 누님. 여러분의 남편에게 걸린 혐의를 벗고 싶지 않으신가요?"

갑작스러운 제안에 에르티나가 눈썹을 찌푸렸다.

"무슨 말을 하는 거죠? 제오르디스. 설마…… 아버님을 노린 범인을 알고 있나요?"

"글쎄요. 그런데 에르 누님. 에르 누님은 다른 집안에 시집가셨는데, 왜 국왕 폐하를 아직도 '아버님'이라고 부르십니까?"

제오르디스가 말꼬리를 붙잡고 늘어지는 통에 에르티나의 말문이 막혔다. 그런 누나의 모습을 보며 제오르디스는 웃었다. 밝고, 쾌활하게.

"그렇지 않으면 나는 아직도 가족의 고리 안에 들어 있지 않습니까? 제오라고 불러달라고 몇 번이나 말씀드렸는데. 이 호칭은 아무에게나 허락한 게 아닙니다."

"……조금 전 했던 발언을 철회하지요. 제오르디스, 당신은 폐하를 노린 범인을 아시나요?"

에르티나가 냉정하게 다시 질문을 하자 제오르디스는 재빨리 부정했다.

"아니요. 하지만 여러분의 남편은 관계가 없다고 이달에게 이야기해볼 수는 있습니다."

"정말인가요?!"

저도 모르게 소리를 낸 알리시아를 보며 제오르디스는 상냥하게 웃었다.

"정말이고말고. 나는 이달이 그렇게나 열심히 추구하는 '강한 왕'이 될 테니까. 이 나라를 하나로 묶어서 이끌어나갈 강하고 강한 왕이."

"……제오르디스, 그만 해요."

에르티나가 딱딱한 목소리로 제지했다. 그러나 제오르디스는 누나가 하는 말을 들을 생각이 없었다.

"하지만 거래에는 대가가 필요하지. 남편을 구하고 싶다는 마음이 조금이라도 있다면, 오늘 밤 내 방으로 와. 알리시아."

그 말을 들은 알리시아는 '어머, 그 정도로 충분한가요?'라고 생각했다. 큰 반응을 보인 사람은 플로리안과 에르티나 쪽이었다.

"왕자님?"

"제오르디스! 당신 대체 뭘……!"

노여운 빛을 띤 두 사람을 바라보는 제오르디스의 눈은 기묘하게 차가웠다.

"당신도입니다, 오델 후작 부인. 남편을 구하고 싶다는 의사가 있다면 오늘 밤 내 방으로 와주세요."

그 말을 들은 에르티나는 한순간 온몸의 움직임을 멈추었다. 그런 뒤 천천히, 떨림을 감추려는지 천천히 소리를 냈다.

"자신이 무슨 말을 하는지 알고 있나요? ……우리는 친남매예요."

"아아, 다행이다. 겨우 가족이라고 인정해주셨군요, 에르 누님."

제오르디스가 갑자기 천진난만하다고 해도 좋을 미소를 띠었다. 제오르디스는 경악에 질린 노라에게도 길게 상처가 난 얼굴을 향했다.

"이왕이면 너도 오는 게 어때, 노라. 티르도 아버지가 모반을 꾸몄다는 소문이 있으니까. 언제고 티르에게 이달이 내리는 숙청의 창끝이 향할지 몰라."

노라가 짧게 숨을 들이켰다. 플로리안도 더는 참기 어려운지 '왕자님……!' 하고 불렀다. 그러나 제오르디스는 여전히 태연했다.

"나는 셋이든 넷이든 상관없어. 뭣하면 뮤제도 부를까?"

"왕자님, 적당히 하십시오!!"

여동생의 이름을 들은 플로리안이 폭발했다. 제오르디스가 농담이야, 라고 너스레를 떨었다.

"뮤제는 낯가림이 심하니까, 조금 더 친해지고 난 후에 부르는 게 낫겠지. 나는 외로움을 잘 타니까, 어쨌든 여럿이서 즐거운 밤을 지낼 수 있기를 기대하겠어. 얘기는 해둘 테니까, 내 방 근처까지 오면 시끄러운 병사들은 알아서 없어져 줄 거야. 그럼, 오늘 밤에 보지."

우아하게 인사를 남기고, 제오르디스는 플로리안을 데리고 유유하게 그 자리를 떴다.

그날 밤.

"왕자 전하의 방은 이쪽이군요."

제오르디스가 말한 대로 왕자의 방으로 이어지는 복도를 걷고 있으려니 어느샌가 수행하던 병사들의 모습이 사라졌다. 그러나 알리시아는 그 사실은 알아차리지 못하고 목적했던 방의, 화려하게 가장자리 장식이 들어가 있는 문을 두드렸다.

"누구냐?"

"알리시아입니다."

"헤에, 정말로 오다니. 그것도 알리시아…… 아니, 들어와도 좋아."

살짝 뜻밖이라는 목소리를 내는 제오르디스의 허락을 얻고 알리시아는 재빨리 실내에 발을 들여놓았다. 널찍한 방이었다. 내장은 금색과 하얀색을 바탕으로 하고 있었지만, 구조는 에르티나의 방과 똑같았다. 방 가운데에 놓인 커다란 침대에 앉은 제오르디스와 그 옆에 조각상처럼 서 있는 플로리안을 향해 알리시아는 드레스 자락을 붙잡고 인사했다.

"인사드립니다. 왕자 전하."

인사만을 한 알리시아는 카슈반과 한 약속을 지키기 위해 손으로 입을 막았다.

그러는 알리시아의 모습을 보고 보기 드물게 제오르디스와 플로리안이 똑같이 멍청한 얼굴을 했다.

"……라이센?"

맥 빠진 목소리로 부르는 소리에 수행원처럼 아내의 등 뒤에 서 있던 카슈반이 벌레를 백 마리는 씹은 얼굴로 툭 말했다.

"오지 말라는 말을 듣지 못했기에 따라왔습니다."

알리시아는 카슈반과 한 약속을 충실히 지켰다. 즉 '나와 떨어질 경우에는 그사이, 누구와 무슨 이야기를 했고, 어디에 갔는지 나중에 반드시 보고해'라는 말을.

점심때 에르티나의 방에서 물러난 뒤, 알리시아는 겨우 이달에게서 해방되어 방에 축 늘어진 카슈반에게 제오르디스가 말한 내용을 전부 이야기했다. 그 결과, 부부 동반으로 제오르디스를 방문하게 되었다.

"……후, 핫, 하하하하하하하! 하하하하하하, 과연, 그렇군! 분명히 그래!!"

제오르디스가 대체 무엇에 쓰려는 목적인지 산처럼 쌓아둔 부드러운 쿠션을 손에 잡히는 대로 두드리면서 폭소했다.

반면, 플로리안은 어떤 표정을 지어야 할지 곤란한 듯했다. 알리시아는 '기뻐해 주셔서 다행이에요'라며 미소를 지었다.

"뮤제는 걱정했던 대로 이 자리에 얼굴을 내밀기엔 무리인 듯하니, 결국 남자 셋에 여자 한 명인가. 뭐, 그래도 나는 별로 상."

"……왕자 전하. 송구스럽지만 장난이 지나치십니다. 제 아내를 건드리지 말아 주십시오."

노골적으로 경박한 제오르디스의 말을 가로막으며 카슈반은 불경죄를 물어도 할 말이 없을 눈으로 그를 똑바로 응시했다.

"제가 약간 곤란한 처지에 놓인 것은 사실입니다. 그러나 결코 폐하의 암살 같은 짓은 꾸미지 않았습니다. 짓지도 않은 죄를 벗기 위해 아내에게 창부나 하는 짓을 시킬 생각은 없습니다."

카슈반은 아내, 라는 부분을 강조해서 말했다. 이어서 제오르디스의 시선에서 보호하듯이 알리시아의 앞으로 나섰기 때문에, 알리시아는 '배가 아파' 와서 혼자서 얼굴을 붉혔다.

"오델 후작 부인이나 노라에 대해서도 그렇습니다. 새삼스럽게 신사 행세를 할 생각은 없습니다만, 전하는 언젠가 이 나라를 짊어질 몸. 그렇지 않아도 국내에 불온한 소문이 끝없이 나돌고 있습니다. 신하의 충의를 깎는 행동은 삼가심이 좋을 겁니다."

카슈반은 왕자의 비겁한 행동을 굳이 질책하지 않고, 오히려 그런 행동을 해서는 안 되는 충분한 이유를 제공했다.

왕자의 상황을 존중한 카슈반을 보고 플로리안은 감명을 받은 기색을 보였다. 제오르디스가 상처를 일그러뜨리며 웃었다.

"뭐 괜찮겠지. 있지 카슈반. 나, 사실은 너와 한번쯤 느긋하게 이야기를 해보고 싶었어."

멋대로 카슈반의 이름을 부르고 제오르디스는 침대 옆에 있는 작은 책상으로 손을 뻗었다.

서랍을 열고 꺼내 든 것은 낡은 책 한 권이었다.

기억에 남은 표지에 알리시아는 저도 모르게 '어머, 이곳에 저 책까지 있었네요'라고 중얼거리고 말았다. 카슈반은 입을 살짝 벌린 상태로 굳어 있었다.

그것은 각 지방의 괴담을 모아놓은 책 한 권이었다. 수록해놓은 이야기들은 전부 작가의 상상력에 의지해 만들어낸 창작물이 아니라, 다소 과장된 면은 있지만 실제로 일어난 일이었다.

"'하르바스트 장미 저택', 읽어봤어. 무척 재밌던데. 하지만 실제 이야기 쪽이 훨씬 훨씬 재밌더군."

현재는 '라이센 저택' 혹은 '라이센 돌 저택'이라고 불리는 일이 많은 카슈반의 저택은 한 세기 전에는 '하르바스트 장미 저택'이라는 이름으로 통했다.

그 이름은 카슈반의 아버지이자 선대 영주였던 레디오르 하르바스트의 광기에서 유래했다. 열렬히 사랑했던 아내 지나가 장미에만 푹 빠져 자신을 돌아보지 않음에 절망해 아내를 죽여서 장미 화원에 묻은 후, 꽃을 피우지 않는 장미의 비료로 쓰기 위해 여자들에게 차례차례 손을 댔다…….

단, 책에서는 이야기가 다소 단순화되었고, 레디오르 자신이 장미에 집착했다고 되어 있었다.

그런데 제오르디스는 실제로는 어떤 내용이었는지 일부러 알아본 모양이었다. 그렇지 않으면 나올 리 없는 단어가 차례차례 그의 입에서 흘러나왔다.

"나는 레디오르 하르바스트를 존경하고 있어. 구원받지 못할 사랑을 하며 살아가다가, 보답 받지 못한 사랑을 끌어안고 죽은 가련한 남자. 이 정도면 궁극의 순애보라 할 수 있겠지. 이 정도로 자신을 생각해주었으니 지나 하르바스트도 분명히 기뻤겠지."

카슈반은 침묵하고 있었다.

알리시아는 어떡해야 할까, 약속을 깨도 좋을까, 그런 생각을 하면서 남편을 올려다보았다. 카슈반은 미간에 깊은 주름을 새긴 채 움직이지 않았다.

"왜 그런 얼굴을 하지? 카슈반. 아아, 날 제오라고 불러도 상관없어. 이제 우린 친구니까."

"……친, 구?"

카슈반이 무슨 이야기를 하는지 모르겠다는 듯이 물었다. 그 질문에 제오르디스는 태연한 얼굴로 대답했다.

"같은 남자를 동경하면서 똑같은 삶을 살아가고 있잖아. 이 정도라면 단순한 친구가 아니라 친우가 될 수도 있다고."

"……왕자님, 그만하십시오."

플로리안이 겨우 제오르디스를 말렸지만, 제오르디스는 멈추지 않았다. 거기서 그치지 않고 자리에서 천천히 일어나 카슈반의 그림자에 숨어 있는 알리시아를 들여다보았다.

"내가 한 말의 의미를 모르는 듯하지만, 내 방에 온 사람은 결국 너뿐이었다. 그렇다면 알리시아는 그만큼 카슈반을 좋아하겠지?"

마음속 깊은 곳까지 들여다보는 듯한 제오르디스의 질문.

평범한 사람들이라면 등골이 오싹해서 몸을 뒤로 뺐으리라. 하지만 알리시아는 '배가 아파' 와서 얼굴을 붉게 물들였다.

"음, 아…… 그……."

"……알리시아, 됐다. 대답하지 마."

카슈반이 옆에서 떫은 얼굴로 약속을 지키라고 말하자, 제오르디스는 '너무하잖아'라고 말하면서 다시 웃었다.

"알리시아는 가여워. 좋아하느냐고 물어봤는데 좋아한다고 대답할 수 없다니. 혹시 실제로는 카슈반을 싫어하나?"

"아니에요!"

있는 힘껏 부정하고 나서 알리시아는 머뭇머뭇 중얼거렸다.

"저, 그게…… 조, 좋아…… 합니…… 다……."

납작한 가슴에 손을 대고 부끄러워하며 고백하는 모습을 바라보는 카슈반의 표정이 아주 약간이지만 부드러워졌다. 그러자 제오르디스가 이번에는 이렇게 질문했다.

"그럼 나는?"

"네? 예. 좋아한답니다. 부자이신 것 같고, 또 책 읽는 취미도 비슷하니까요."

알리시아가 매우 시원하게 대답하자, 제오르디스는 '과연'이라고 말하며 소리 없이 웃고는 다시 한번 카슈반을 바라보았다.

"저기 카슈반. 너도 아버지를 무척 존경하는 것 같은데."

한 번은 부드러워졌던 카슈반의 표정이 다시 얼어붙었다.

"……무슨 바보 같은 소리를."

"아버지와 똑같은 일을 하고 있잖아. 명문가의 여자를 돈으로 사서 자유를 빼앗아 억지로 자신의 것으로 만든다. 그야말로 남자의 로망이잖아. 덧붙여 조교도 완벽하고. 정말 부러운걸."

그 말은 마치 한 줄기 번개처럼 카슈반의 영혼을 뒤흔들고 지나갔다.

낙뢰에 나무줄기가 둘로 갈라진 거목처럼 카슈반은 소리도 없이 자리에 굳어버렸다.

"제오 님, 안 돼요. 아버님 이야기는 안 돼요!"

알리시아가 두 번이나 약속을 깨고 큰소리로 외쳤다. 알리시아를 보고 제오르디스는 밝고 쾌활하게 웃었다. 그 웃는 얼굴은 붙잡은 벌레의 다리를 무심하게 잡아 뜯는 어린아이와도 같았다.

"걱정하지 마, 알리시아. 네 남편 일도 지스 형님 일도 내가 잘 수습해줄게. 나는 카슈반의 친구고, 지스 형님의 매제니까."

카슈반을 감싸려는 듯이 남편 앞으로 나선 알리시아를 보면서 제오르디스는 엄격한 눈초리를 한 플로리안에게 말을 걸었다.

"간만에 너 이외에 친구가 생겼다. 물론 기뻐해 주겠지? 플로리안."

거짓말을 못 하는 성격인지, 플로리안은 아무 대답도 하지 않았다.

[제4장] 더러운 승리

국왕 암살 미수 사건이 벌어진 지 4일 후.

재상 이달의 이름으로 대대적으로 발표한 내용에 왕궁 내 관계자들은 일제히 눈을 크게 떴다.

"어머, 그 연금술사가 암살자였나요!"

시간적인 제약 때문인지 보존식이 많았지만, 그래도 아침 식사는 그럭저럭 호화로웠다. 식사를 재빨리 먹어치우면서 알리시아는 옆에 앉은 남편에게 말을 걸었다.

"그렇다고 하는군. 덧붙여서 '날개의 기도' 교단 온건파 누군가와 손을 잡고 있었던 모양이야."

카슈반은 이윽고 무죄 방면이 되어 아내와 같은 식탁에서 식사를 할 수 있게 되었다. 그러나 카슈반은 어딘가 수긍할 수 없다는 얼굴을 하고 있었다.

"국왕 폐하는 그 오반이라는 자에게 영원한 생명을 얻을 수 있는 연구를 시키고 있었다고 한다. 권력자가 그런 쪽의 수상한 연구에 관심을 갖는 일은 자주 있지. 하지만 '날개의 기도' 교단으로서는 마땅치 않은 일이겠지. 녀석들은 연금술에도, 영원한 생명에도 부정적이니까 말이야……. 신자에게 영원한 생명을 주면 사후 세계를 내세우는 녀석들 장사는 망할 테니까."

호기심을 자극하는 단어가 나열되자 알리시아는 눈을 반짝반짝 빛냈다. 그러나 카슈반의 어조는 비아냥거림으로 가득 차 있었다. 카슈반은 변함없이 종교와 신에 대해서는 부정적이었다.

"그래서 그 녀석들은 연금술사로 가장한 암살자를 보내서 그런 묘한 연구를 하고 있으니 이런 일이 생긴다고 주장하려던 모양이야. 암살 미수 사건 후에도 오반은 폐하 곁에서 계속 모시고 있었다고 하던데, 이전부터 그자를 수상하게 여겼던 왕자 전하와 재상 각하에게 정체가 들통 나서, 도주했다고 한다. 오늘 아침에 왕궁 뒤쪽에서 음독한 시체가 발견되었고, 녀석의 방에서 '날개의 기도' 교단 온건파와 주고받은 증거가 줄줄이 나왔다. 이로써 사건은 일단락되었다는 말이지."

"마지막에는 스스로 자신의 입을 막았다, 인가요……. 그런 이야기는 자주 읽어요……. 어머나, 하지만 굳이 죽을 필요까지는 없었을 텐데."

정체가 암살자였다고는 해도, 지금까지 왕궁에 숨어 있을 수 있었다면 어느 정도는 연금술에 관한 지식을 갖고 있었다는 뜻이리라.

영원한 생명을 이야기했다면 수준이 아주 높은 연금술사 같았다. 한 번 만나서 이야기하고 싶었는데…… 알리시아는 유감스럽게 생각했다.

"그래, 한 건 낙착인데 말이야……."

알리시아의 맞장구는 거의 듣지 않은 모습으로 카슈반이 중얼거렸다. 표정은 다시 우울해 보였고, 어조도 어딘가 석연치 않은 듯했다.

"……어딘가 개운치 않은 얼굴이군, 라이센."

옆에서 말을 걸어온 자는 얼굴빛이 별로 좋지 않은 티르나드였다. 이틀 정도 전부터 이렇게 자리에서 일어나 식사를 할 수 있을 정도로는 회복했다.

단, '친구' 제오르디스의 화제를 꺼내면 쓰러지지는 않아도 새파랗게 질렸다. 지금도 구석에 대기하고 있는 세이그람이 하는 말에 따르면, 등에 있는 오래된 상처 일부가 부풀어 올랐을 정도로 정신적인 쇼크를 받았던 모양이었다. 알리시아도 노라에게서 '절대로 왕자 전하 이야기는 하지 마세요!'라고 엄하게 지시를 받았다.

"……얘기가 너무 깔끔하게 정리된 느낌이 든다."

카슈반은 예의에 어긋나게 나이프 끝으로 접시에 남은 고깃덩어리를 쿡쿡 찌르면서 중얼거렸다. 식사 시중을 들고 있는 트레이스도 같은 생각을 하고 있는지, 행동을 나무라지 않았다.

"카슈반 님, 그건 제…… 읍."

알리시아 자신과 등 뒤에 서 있던 노라가 재빨리 알리시아의 입을 막았다.

이 광경을 본 세이그람도 눈이 날카로워졌다. 하지만 티르나드는 쓴웃음을 지을 뿐이었다.

"……이름을 듣는 정도는 아무렇지도 않아. 이제 괜찮다. 게다가…… 그 녀석이 뭘 꾸미고 있는지 나도 알고 싶다. ……그렇지 않으면 언제까지고 그 녀석의 그림자를 두려워하게 될 거야. 그렇지? 세이그람."

티르나드는 전 후견인의 죽음을 극복하고 강해졌다. 채찍을 꺼내려고 하는 세이그람에게 눈짓을 하며, 이야기를 계속하라고 카슈반을 재촉했다.

"—그래. 그, 제오르디스 왕자가."

제오르디스의 방에서 있었던 일을 떠올리고 있어서이리라. 카슈반의 눈에 어두운 빛이 떠오르고, 손에 들린 나이프가 접시 표면을 긁으면서 불쾌한 소리를 냈다.

"카슈반 님……."

주인이 보여주는 모습에서 무언가를 느꼈는지 트레이스가 겁먹은 목소리로 그를 불렀다.

그러기 무섭게 카슈반은 퍼뜩 정신을 차리고 나이프에서 손을 떼면서 말을 이었다.

"……왕자 전하가 잘 수습해주겠다고 말한 후, 암살자의 시체가 발견되었다. 국왕 폐하는 완전히 겁을 먹어서, 그 모습을 보면 당분간은 연금술에 관심을 보이지 않으실 거다."

"유감이에요……."

알리시아가 자기 본위로 맞장구치자 카슈반은 쓴웃음을 짓고는, 손을 뻗어 머리를 쓰다듬어주었다.

식사 중이라고는 생각할 수 없는 예의에 어긋난 행동이었다. 그러나 이번에도 트레이스는 마치 나이프의 감촉을 떨쳐내려고 하는 듯한 몸짓을 나무라지 않았다.

"덧붙여서 아무래도 그 암살자에게도 수상쩍은 부분이 있으니까."

갑자기 카슈반과 알리시아 사이에 출현해 말한 자는 루아크였다. 루아크는 어제까지만 해도 실내에서조차 모습을 나타내지 않을 정도로 경계 태세를 취하고 있었다. 그러나 지금은 일이 일단락되었기에 이렇게 얼굴을 내밀고 있었다.

"수상쩍은 부분?"

알리시아가 되묻자 루아크는 의미심장하게 웃었다.

"아무래도 말이야…… 아니. 사실 그 연금술사, 살아 있을 때 이상하리만큼 경계심이 강해서. 나도 좀처럼 접근할 수 없었다니까."

알현의 방에 들어갈 수 없었다고 투덜거리더니, 그 뒤에도 오반과는 접촉할 수 없었던 모양이다. 자타 공인 유능한 암살자에게는 상당히 이례적인 일이었다.

"그러면서 살짝 찔러본 정도로 용케 정체를 드러냈구나 싶어. 또 방에서는 온건파와 손잡고 있다는 증거가 쏟아져 나오고, 영 수상해. 인상이 완전 뒤죽박죽이야."

"어머, 하지만 왕자 전하와 재상 각하는 사람을 쿡쿡 찌르는 일이 특기이신 것 같았어요."

때로는 날카로운 알리시아의 평가에 루아크는 쿡쿡 웃었다.

"하하, 그랬지. 사람이 감추고 있는 물건을 찾아내는 솜씨도 뛰어나지만…… 자신이 감추고 있던 물건을 그럴싸하게 포장해서 사람들 앞에 내놓는 일은 더 뛰어나 보이더라."

루아크가 말하고자 하는 바가 무엇인지 카슈반도 짐작이 갔으리라. 고개를 끄덕이면서도 하지만, 하고 역접 접속사를 사용했다.

"……하지만 결국 너는 수상하다는 정도밖에는 밝히지 못했지."

"응. 시체 체격도 나랑 비슷하다고 하면 비슷하지만, 다르다고 하면 또 달라. 그게 신경 쓰여. 분명히 마르긴 했는데, 그저 마르기만 한 빈약한 몸으로 나를 가까이 오지 못하게 할 수 있었을까……?"

시체도 가짜가 아닐까. 루아크는 그렇게 의심하는 듯했다.

"바로 정화의 불로 태워버려서 이제는 조사할 방도도 없지만. 어쨌든 뭔가 구린 속사정이 틀림없이 있을 거야."

"마침 왕궁에는 '날개의 기도' 교단 대표자가 알현을 위해 왔다고 하니까."

카슈반도 생각을 정리하려는지 맞장구를 쳤다.

"폐하께 깊이 사죄함과 동시에 소동을 벌인 온건파 녀석들을 엄중하게 처벌하겠다고 약속했다더군. ……자, 여기서 가장 이득을 보는 자는 누굴까?"

온건파와 급진파. '날개의 기도' 교단을 양분하는 세력.

그러나 일전에 벌어진 사건에서, 온건파 유력자였던 유란은 '하늘의 심판'을 받고 죽었다. 급진파 간첩이었던 레오니아가 교단 상부에 그렇게 보고했음이 틀림없다.

그런 때에 국왕 암살 미수 사건이 벌어졌다. 그렇지 않아도 궁지에 몰린 온건파에게는 최후의 일격이 되리라.

"온건파에서 유란 이외에는 눈에 띄는 이름을 들은 적이 없다. 결속력을 잃고 초조해져서 서둘렀다가 이런 결과를 맞이했다는 식으로 생각할 수도 있겠지."

유란의 이름을 듣고 티르나드가 살짝 눈을 내리깔았다. 후견인의 표정을 곁눈으로 살피며 카슈반은 다시 어려운 표정을 지었다.

"그나저나, 왕자 전하는 누군가 대단한 분을 만나신다고 말씀하셨어요. 그때 만나려던 상대가 교단 대표자였을까요⋯⋯?"

알리시아는 도서관에서 제오르디스와 나눴던 대화를 떠올렸다. 플로리안이 결국 가르쳐주지 않았던 왕자의 식사 상대. 그 사람이 '날개의 기도' 교단에서 나온 사자였을까.

역시 동석했으면 좋았을 뻔했다. 그렇게 생각하면서 알리시아는 드레스 주머니에 손을 집어넣었다.

꺼내 든 물건은 성녀 아셀이 새겨진 목조 초상이었다. 아무도 위치를 모르는 '날개의 기도' 교단 본부에 있다고 전해지는 가짜 성녀. 알리시아의 손에 들린 목조 초상에는 일전에 일어났던 사건 때 튄 류크의 핏자국이 지워지지 않고 남아 있었다.

잘하면 진짜 아셀과 만날 수 있었을지도 모른다고 생각하니 너무 유감스러웠다. 바닷새의 깃털로 만들어졌다고 하는 등의 날개를 한번 만져보고 싶었는데⋯⋯.

"아아, 그런 모양이더군. 하지만 와 있던 자는 성녀님이 아니야, 알리시아. 신비성을 유지하려고 성녀님은 교단 본부에서 나오지 않는다고 전에도 얘기했었지?"

류크의 걸작을 들여다보면서 루아크가 그렇게 말하자, 알리시아는 그랬죠, 라고 대답하며 중얼거렸다.

"그럼 제1계제인 분일까요?"

"아니이. 대리인이야. 나딜 씨라고 하는 제2계제 사람이래. 선홍색 긴 머리카락을 가진 사람이었는데, 젊고 잘생긴 데다가 성직자로 두기에는 아까울 정도로 화려한 사람이었어."

루아크는 칭찬하는지, 헐뜯는지 미묘한 표현을 사용했다. 카슈반이 거듭해서 질문을 던졌다.

"류크에게 들은 이름이로군. 그럼 그 녀석이 다음 제1계제…… 다시 말해서 교단 대표가 되는가?"

"그렇겠지? 적어도 본인은 그걸 노리고 있겠지. 급진파 사람인데다가 이번 일로 급진파 입지가 좀 더 단단해졌으니 유리해졌을 가능성은 있을 거야."

루아크는 나딜에게 야심이 있다는 견해를 보였다.

"가장 득을 본 사람은 교단 급진파보다 재상 각하겠지."

대화에 끼어든 사람은 아침부터 혼자서 렘블라 잔을 기울이던 발로이였다. 이곳 술잔은 너무 고상해서 많은 양이 들어가지 않는다는 둥, 직접 입을 대고 마시면 예의가 어쩌고저쩌고 시끄럽다는 둥, 줄곧 불평을 늘어놓고 있었다.

국왕 암살 미수 용의자 중, 발로이는 유일하게 노골적인 추궁을 피할 수 있었다. 그러나 원래부터 그는 인망이 별로 높지 못했다. 발로이를 바라보는 주위 시선은 매우 차가웠다. 그러나 그런 데 신경 쓰다가는 라그라드르 용병단장은 해먹을 수 없는 모양이었다. 발로이는 '왕궁 내 젖가슴은 대충 다 보고 왔으니까'라는 이유로 동석하고 있었다.

"원래부터 급진파 쪽이 중심적인 존재였나 보지만, 온건파도 교단 일부지. 급진파도 국왕 암살 미수에 대한 책임을 어느 정도 져야 할 거야. 그러나 재상 각하로서는 국왕 폐하를 수상쩍은 녀석들로부터 떼어낼 수 있었고, 교단에 빚을 만들어둘 수 있게 됐다. 국민들이 현 국왕이 보여주는 꼴사나운 모습에, 한층 더 차기 국왕을 기대하며 목소리를 높인다면 그거야말로 다 좋은 일이지."

"어머, 스탕발 재상 각하는 역시 국왕 폐하를 바꾸고 싶으실까요? 에르티나 님도 그런 말씀을 하셨는데요."

알리시아가 질문하자 발로이는 옅게 웃었다.

"실딘 왕가의 위신을 되찾는 일은 스탕발 일족의 비원이니까 말이야. 그런 점에서 현 국왕 폐하로는 뭘 어떻게 할 수가 없지. 처음에는 이달 할아범도 지금 국왕을 어떻게든 해보려고 했던 모양인데, 너무 몰아쳐서 원래부터 유약했던 사람이 점점 더."

떠벌떠벌 떠드는 발로이를 카슈반이 재빨리 견제했다.

"……발로이, 알리시아에게 쓸데없는 소리 하지 마라. 무엇보다 그런 이야기는 아무리 너라도 이런 곳에서 하면 위험할 텐데."

"예이예이. 하지만 이래서야 라그라드르와의 융화 정책은 백지로 돌아가겠군."

카슈반의 말을 거역하지 않고 발로이는 화제를 바꾸었다. 카슈반도 다시 팔짱을 끼었다.

"그렇겠지. 정말로 '날개의 기도' 교단이 그런 짓을 했다면 틀림없이 라그라드르와의 융화 정책이 원인 중 하나일 거다. 국왕 폐하가 저렇게까지 겁먹으신 걸 보면 백지화하지는 않더라도, 천천히 자연 소멸을 기다리는 방향으로 흘러가리라는 기분이 드는군."

원래부터 표면화되지 않았던 일이었다. 흐지부지 묻어버리기는 어렵지 않다고 카슈반은 한숨을 쉬었다.

"게다가 우리가 암살자와 관련을 맺고 있다는 점도 공식적으로 조사를 받았다. 이번 혐의는 벗겨졌지만, 잠재적인 반역자 예비군으로 몰아서 세력을 약화시키자는 목적은 달성했겠지."

역시 가장 이득은 본 사람은 이달 할아범이군, 그렇게 카슈반이 말을 덧붙이자 발로이도 수염이 자라기 시작한 턱에 손을 갖다 대었다.

"이거이거 빌어먹게 추운 날씨에 자랑거리인 수염까지 밀고 찾아왔더니, 완전히 헛걸음했는걸."

"발로이 님은 수염이 없어도 멋지십니다. 결혼해주십시오."

잽싸게 끼어든 사람은 드레스 차림으로 같은 탁자에 앉아 있던 레네였다.

발로이는 그 발언을 깨끗하게 무시했다. 평소라면 거기 편승해 발로이를 놀렸을 카슈반도 못 들은 척 이야기를 계속했다.

"하지만 너도 솔직히 실딘 왕가와 너무 깊이 접촉하지 않는 편이 좋을 텐데? 발로이. 너에 대해서도 실딘과 너무 가깝게 지낸다. 라그라드르인의 긍지를 잊어버렸다는 소문도 나돌고 있는 모양이더군. 어차피 이런 종류의 이야기가 잘 진행될 리가 없어. 그렇다면 당당히 왕궁 안을 탐색해보기라도 하자는 생각을 하고 왔겠지?"

"호오, 나를 탐색하다니 네 녀석도 솜씨가 늘었군. 아가씨 앞에서 쓸데없는 얘기는 하지 않는 편이 좋지 않았던가?"

카슈반이 한 말에 우선은 반격하고 나서 발로이는 히죽 웃었다.

"뭐, 나도 국내에 적이 전혀 없진 않으니까. 어쩔 수 없지, 원래 멋진 남자는 뭐가 됐든 사람들이 비뚤어진 시선으로 받아들이니까."

"예. 발로이 님은 정말 멋진 남자입니다. 결혼해주십시오."

카슈반이 변함없는 레네를 돌아보며 뭐라고 하려고 했다.

발로이가 그런 카슈반을 견제하기 위한 말을 입속에서 준비했고, 발로이와 카슈반의 시선이 서로 얽히면서 일순간 실내에 침묵이 감돌았다.

마치 그 순간을 기다리고 있었다는 듯이, 난폭하게 문을 여는 소리가 들렸다.

"어머, 지스…… 어 그러니까 오델 후작님."

갑자기 실내에 침입한 지스칼드를 알리시아는 이름으로 부르지 않겠다는 남편과의 약속을 지키면서 느긋하게 맞이했다. 참

고로 루아크는 지스칼드가 침입하기 직전에 모습을 감추었다.

"아니, 오델 후작 각하. 갑자기 무슨 일이십니까? 당신답지 않으시군요."

식사 약속도 하지 않았다면서 카슈반은 지스칼드를 놀렸다. 그러나 지금 지스칼드는 농담에 대꾸할 여유가 없는 모양이었다.

"네놈들은 스탕발 재상과 한패인가?"

무례함을 사과하는 말도 붙이지 않은 폭언을 내뱉는 지스칼드의 눈은 충혈되어 있었다.

"잠깐, 지스. 그만둬요!!"

지스칼드를 제지하는 소리가 나더니 에르티나가 고용인 몇 명을 이끌고 달려왔다.

"어머나, 에르티나 님까지. 안녕하세요."

예의가 바르다면 바르다 할 수 있는 알리시아가 인사했지만 지금 그럴 정신이 없는 에르티나는 무시했다.

지스칼드도 아내가 제지하고 있음에도 무시하고서 카슈반과 발로이를 노려보며 움직이지 않았다.

"다 알고 있다. 재상 각하와 손을 잡고 나를 실각시킬 속셈이었겠지! 잘도, 잘도 내게 이런 수치를 안겨주었겠다……!"

라그라드르인과 협력하라는 말을 들은 것도 모자라 이번에는 국왕 암살 미수 사건 용의자 취급까지 당했다.

단기간에 몇 번이나 골탕을 먹자, 다른 사람보다 두 배는 자존심이 강한 지스칼드는 결국 참을 수 없는 모양이었다.

"왜 그러지? 왕자님. 아직 렘블라의 취기가 다 안 가셨나? 뭣하면 한 잔 더 하면 어떤가. 이 정도 양이라면 괜찮겠지?"

거기에 발로이까지 작은 술잔을 들어 보이며 놀렸기에, 결국 지스칼드는 버럭 소리를 지르고 말았다.

"닥쳐라, '진흙의 백성'이!"

실내 공기가 얼어붙었다.

라그라드르인의 검은 피부에서 유래한 추악한 차별 용어인 '진흙의 백성'. 라그라드르인에게 그 말을 사용했다는 뜻은 선전 포고와도 같다.

"―말했겠다."

발로이가 자리에서 천천히 일어섰다. 발로이에게서 칼집에서 뽑힌 검이라도 되는 듯한 살기가 뿜어져 나왔다.

"그렇게 취했던 때도 그 말만은 사용하지 않았지. 그 점만은 대단하다고 생각하고 있었는데 말이야, 오델 대후작 각하."

이곳은 왕궁이다. 당연히 발로이도 검을 안 가지고 있었다. 그러나 강인한 육체 그 자체가 무기이다. 또 하필이면 식사 중이었기 때문에, 탁자 위에는 무기가 될 만한 물건이 잔뜩 준비되어 있었다.

"그러나 그 말을 들은 이상, 나도 물러설 수는 없지."

"그만해라, 발로이. 이곳에서 소동을 일으키면 오델 후작만이 아니라 너한테도 아무 득이 안 돼."

발로이의 손에서 나이프를 빼앗으면서 카슈반이 말렸다. 그러나 발로이는 그를 돌아보지도 않았다.

"이해득실로 따질 문제가 아니라고, 카슈반. 실딘인은 이해할 수 없겠지만 말이야. 하지만 그 말을 들은 이상, 라그라드르인이라면 절대로 잠자코 있을 수는 없다."

자신의 말을 들을 생각이 전혀 없어 보이는 태도에 카슈반은 혀를 차며 레네를 바라보았다.

"칫……, 젠장. 어이, 레네. 단장을 말려봐라."

"무리입니다. 발로이 님은 라그라드르를 그 무엇보다도 사랑하고 계십니다."

발로이의 분노, 그것은 곧 자신의 분노.

그렇게 말하고 싶은 듯한 레네의 손에는 어떻게 갖고 있었는지, 식사용이 아님이 분명한 나이프가 들려 있었다.

"바…… 발로이, 레네도 다들 그만 해요. 카슈반 님도 말씀하셨잖아요. 오델 후작님과 이곳에서 다투다니, 당신답지 않아요."

노라도 심상치 않은 공기를 느끼고 사람들을 제지했다. 그러나 발로이는 노라를 힐끗 쳐다봤을 뿐이었다.

"충고 고마워, 노라. 하지만 아무리 네가 하룻밤 상대가 되어준다고 해도 양보할 수 없는 게 있는 법이다."

발로이의 시선은 바로 카슈반에게로 되돌아갔다. 세이그람은 말려도 소용없다는 사실을 깨달은 모양이었다. 티르나드를 자리에서 일으켜 세우고 소란에 휘말리지 않도록 방어 태세에 들어갔다.

"지스, 그만 해요. 아버님과 이달이 당신을 좋지 않게 생각하는 줄 알잖아요? 여기서 섣부르게 소동을 일으키면 아버님이 원하는 대로 돼요."

에르티나가 지스칼드의 팔을 붙잡으며 달랬다.

그러나 평소에는 표면적으로나마 귀부인에게 예의를 잊지 않던 지스칼드가 손을 난폭하게 뿌리쳤다.

입술을 깨문 에르티나는 이번에는 발로이에게 애원했다.

"렉산드르 자작도…… 부탁이에요. 여기서 싸워봤자 모든 사람에게 해가 될 뿐이에요. 그러니까."

"인제 와서 자, 그만둘래요. 라는 말은 통하지 않는다고. 공주님. 분명히 말했을 거요. 한 번은 눈감아 주겠다고. 하지만 이미 한 번은 지나버렸어."

발로이가 후작을 노려보면서 에르티나의 말을 거절했다. 지스칼드도 용병단장을 형형한 눈빛으로 차갑게 바라보았다.

"에르티나 님, '진흙의 백성'에게 부탁 따위 하지 마십시오. 당신의 가치가 떨어집니다."

"……이 자식, 두 번이나 그 말을 사용했겠다."

발로이가 땅을 스치는 듯한 낮은 목소리로 말하면서 지스칼드에게 덤벼들려고 했다. 그때였다.

"응? 다들 여기 모여 계셨군요."

신경에 거슬릴 정도로 즐거워하는 목소리였다. 그 소리가 갑옷이 서로 스치는 금속성 소리와 함께 방 안으로 침입했다. 목소리의 주인은 플로리안을 거느린 제오르디스였다.

"……제오르디스! 왜 이곳에……!!"

가장 오지 않기를 바랐던 얼굴을 보고 에르티나는 할 말을 잃었다.

지스칼드가 분통이 치민다는 표정을 지었다. 그런데 왕자의 곁에 있는 플로리안은 처음부터 그런 얼굴을 하고 있었다.

"어머, 어 그러니까…… 왕자 전하, 안녕하세요."

계속 바뀌는 상황을 열심히 머릿속으로 정리하던 알리시아는 카슈반의 존재를 확인하고 나서 그렇게 인사했다.

"안녕, 알리시아. 안녕하신가요, 에르 누님, 지스 형님. 난 외로움을 잘 타서 말입니다. 사람들이 많이 몰려 있으면 나도 모르게 그쪽으로 향하죠. 그런데 무슨 일이신가요? 그렇게 무서운 얼굴을 하시고."

뭔가 다툼이 일어났다는 냄새를 맡고 달려왔으리라. 천연덕스러운 얼굴로 둘러댄 제오르디스는 실내에서 또 한 명, 누구보다도 자신과 가장 만나고 싶어 하지 않을 얼굴을 발견하고는 말을 걸었다.

"야아, 티르. 좋은 아침이야. 왜 그래? 얼굴빛이 안 좋은데, 아직 누워 있는 편이 좋겠는데?"

"아…… 앗, 아……."

티르나드가 새파랗게 질려서 가까이 있는 벽에 손을 짚었다. 세이그람이 티르나드와 제오르디스 사이에 말없이 끼어들었다.

제오르디스가 눈을 가늘게 떴다.

"너, 세이그람이라고 불리는 것 같더군. 비켜라. 나는 티르와 이야기하고 있다."

"비킬 수 없습니다."

딱 잘라서 세이그람이 단언했다.

"왕자를 상대로 배짱이 좋군. 고용인이 무례하게 굴면 주인에게도 불똥이 튄다. 그래도 상관없는가?"

"물론 상관있습니다. 그래도 비킬 수 없습니다."

어느 쪽도 사양이라고 뻔뻔하게 잘라 말하는 세이그람에게 티르나드가 매달렸다.

"세이그람, 그만둬라. 나는 괜찮으니까……."

"그런 말은 제대로 된 얼굴색을 띠고 나서 말씀하십시오. ……이번에야말로 지켜드리겠다고 말씀드렸을 겁니다."

일전에 레이덴 지방에서 일어났던 일에 책임을 느끼는 모양이었다. 세이그람은 완강하게 움직이려 들지 않았다.

"……제오. 제발 부탁이니까 나가줘요. 그리고 여기서 일어난 일은 누구에게도 말하지 말아줘."

지금보다 더는 사태를 복잡하게 만들고 싶지 않다. 에르티나의 얼굴에는 그런 바람이 가득 배어 있었다. 그러나 에르티나의 부탁을 제오르디스는 웃으면서 일축했다.

"헤에, 겨우 나를 제오라고 불러주셨군요? 에르 누님. 그렇다면 어지간히 재미있는 일이 벌어지고 있다는 뜻일까요?"

히죽거리며 웃는 제오르디스의 시선 끝에서는 지스칼드와 발로이가 서로 차갑게 노려보고 있었다. 이쪽도 왕자 면전이라고 해서 물러날 생각은 없는 듯했다.

"젠장⋯⋯."

망설이는 카슈반의 시선이 천장 부근을 방황했다. 루아크를 불러야 하는지 어떤지 판단이 서지 않아서이리라.

"어 그러니까⋯⋯ 렉산드르 자작님도 오델 후작님도 싸우시면 안 돼요."

불현듯 그렇게 말한 자는 교착 상태에 빠진 실내에서 오직 단한 사람, 어떡해야 할까 잠자코 생각하던 알리시아였다.

"헤에, 그럼 어떡할까? 아가씨. 아가씨가 내 하룻밤 상대가 돼주나?"

발로이가 시선은 지스칼드에게 향한 채로 재빠르게 대응했다. 카슈반이 발로이를 노려보며 외쳤다.

"발로이! 알리시아도 그만둬!!"

"하룻밤 상대인가요? 예, 그래도 상관없답니다. 몸을 요구하시는 게 아니라면."

옷이 흐트러지면 곤란하거든요. 그렇게 생각하며 대답하는 알리시아의 말에 담긴 모순에 발로이는 순간 눈을 크게 떴다. 그틈을 찌르려고 한 말은 아니었지만, 어쨌든 알리시아는 재빨리이야기를 진행했다.

"저, 재미있는 게임을 알고 있답니다. 두 분 다 게임으로 승부를 내실래요? 진 사람은 이긴 사람이 말하는 걸 무엇이든 들어준다는 규칙으로요."

어떤 의미에서는 왕궁이라는 장소에 걸맞은, 우아하게 결말을 내는 방법이었다.

아주 짧은 순간, 발로이는 그 제안을 생각해보려고 잠시 뜸을 들인 후 질문했다.

"재미있군. 그래서 어떤 게임이지?"

"간단합니다. 두 분 다 제가 하는 동작을 흉내 내시면 돼요. 예를 든다면 자, 제가 이렇게 손을 들면 두 분도 손을 드는 거죠. 제가 왼손을 들면 두 분도 왼손을 드시는 거예요. 열 번을 해서 다 흉내 내지 못하는 쪽이 지죠. 전부 흉내를 내시면 제가 지고요."

양손을 들면서 설명하는 알리시아의 어벙한 모습을 보고 발로이는 의아한 듯 고개를 모로 꼬았다.

"아가씨 흉내를 내라고요? 설마 아가씨가 안경을 벗고서, 발로이는 안경을 쓰고 있지 않으니까 벗을 수 없어서 졌다. 이렇게 말할 생각은 아니겠지."

발로이는 너무 깊이 생각한 모양이었다. 알리시아는 손 아래 있는 작은 잔을 바라보며 시원스럽게 고개를 가로저었다.

"아뇨, 소도구 조건은 전부 똑같이 하겠어요. 어떠신가요? 제가 이기면 두 분은 싸움을 그만두시는 거예요."

"나도 오렐 후작도 열 번을 다 흉내 낸다면? 어떻게 승부를 낼 생각이지?"

"그때는 음 그러니까…… 두 분이 싸우세요."

거기까지는 생각하지 않았기에 알리시아는 적당히 대답해버렸다. 발로이가 소리 내서 웃었다.

"처음부터 질 생각이 없었나. 괜찮겠지. 해보자고, 그 게임."

"발로이!"

웃기지 말라고 카슈반이 거친 목소리를 냈지만, 발로이는 꿈쩍도 하지 않았다.

"그 외에 다른 생각이 없다면 닥치고 있어라, 카슈반. 왕자님도 괜찮겠지?"

"……좋다."

지스칼드도 다소 머리가 식은 모양이었다. 이대로 발로이와 주먹다짐을 벌이기보다는 낫다고 생각했는지 그에 동의했다.

"대신, 알리시아 님. 만약 제가 이긴다면 발로이는 바닥에 머리를 숙이고 제게 사과를 해줘야겠습니다. 그리고 알리시아 님은 이번에야말로 제 애인이 돼주시는 겁니다."

차가운 빛을 띤 푸른 눈동자가 알리시아를 꿰뚫었다.

알리시아는 이전에 한밤중인 미궁 속에서 지스칼드에게 쫓겨 다닐 때 일을 떠올리고는 움찔했다. 그러나 곧 '그러죠'하고 고개를 끄덕였다.

"알리시아! 나는 그런 내기를 인정할 수 없다!!"

카슈반이 으르렁거렸지만, 거기에 제오르디스가 말을 덧붙였다.

"아, 알리시아는 네가 돈으로 산 신부니까. 멋대로 행동할 권리는 없다는 뜻인가?"

"왕자님!"

플로리안의 제지가 시간을 맞추지 못했다. 카슈반이 입을 꾹

다물고 움직임을 멈추었다.

"뭐, 어느 쪽이 됐든 일은 이미 네 손을 떠났다. 카슈반."

발로이가 냉정한 목소리로 말하며 입술에 불온한 미소를 띠었다.

"안심해라. 내가 이기면 아가씨를 애인으로 삼는다는 가여운 일은 시키지 않을 테니까. 하룻밤 빌리는 정도로 그쳐주지."

카슈반은 당장에라도 발로이에게 달려들 얼굴을 했다. 그러나 결국에는 혀를 차는 정도로만 끝냈다.

알리시아, 발로이, 지스칼드는 요리가 죽 놓인 긴 탁자를 떠나서 삼각형을 그리고 섰다.

다른 사람들은 숨을 죽이고 이 이상한 게임의 향방을 지켜보고 있었다. 특히 카슈반은 미련이 남아서 몇 번이나 '내가 알리시아의 대타가 되겠다'고 말했지만, 그때마다 발로이가 '그럼 이 얘기는 없던 일로 하지'라고 일축하는 바람에 어쩔 도리도 없이 분한 표정을 짓고 있었다.

"그럼 시작합니다. 우선 첫 번째."

알리시아는 살짝 긴장한 목소리로 말하며, 천천히 오른손을 들었다. 발로이와 지스칼드도 똑같이 오른손을 들었다.

닮은 구석이라고는 전혀 없는 세 사람이 모여서 똑같은 행동을 하고 있다. 이런 때만 아니라면 꽤 웃기는 풍경이었으리라. 이 광경을 지켜보는 사람들 중 제오르디스만이 히죽거리고 있을 뿐, 다른 사람들은 마른 침을 삼키며 움직이지 않았다.

"두 번째."

그렇게 말하기 무섭게 알리시아는 왼손을 번쩍 올렸다. 그러나 발로이와 지스칼드의 반사 신경이 알리시아보다 떨어질 리는 없었다. 두 사람도 어렵지 않게 왼손을 들어 올렸다.

"세 번째."

알리시아가 양손을 내렸다. 두 사람도 두 손을 내렸다.

"네 번째."

알리시아가 몸을 돌려 탁자로 다가갔다.

그대로 자기 자리에 앉더니 '여러분도 각자 자리에 앉아주세요. 오델 후작님은 제 옆자리에 앉으시면 되겠네요'라고 고했다. 지스칼드는 그 말에 따랐고, 발로이는 냉큼 자신의 자리에 앉았다.

"다섯 번째."

알리시아가 손을 뻗어 라벨이 붙어 있지 않은 검은 병을 들었다.

라벨이 없어도 무엇인지 알 수 있었다. 이 독특한 병과 강한 술 냄새는…… 렘블라였다. 발로이가 가져왔고 며칠 전에 지스칼드를 만취하게 했던 물건.

지스칼드가 움찔하는 표정을 지었다. 그러나 인제 와서 물러날 수는 없다고 생각했으리라. 어색한 동작으로 다른 렘블라 병을 집어 들었다. 발로이는 그런 지스칼드를 재미있다는 듯이 바라보며 또 다른 병으로 손을 뻗었다.

카슈반이 '저 꼰대, 너무 많이 갖고 왔잖아'라고 투덜거렸다. 그 옆에서 에르티나가 '알리시아, 대체 무슨 생각일까요'라며 불안한 목소리를 냈다.

"여섯 번째."

알리시아가 렘블라를 따랐다. 발로이가 너무 작다고 불평을 늘어놓았던 잔이 차올랐다.

발로이도 똑같이 렘블라를 잔에 따랐다. 지스칼드는 순간 굳어버렸지만, 바로 똑같은 일을 시작했다. 그러나 표정에는 초조함이 번지고 있었다.

"일곱 번째."

알리시아가 렘블라가 든 잔을 손에 들었다. 발로이는 재빨리, 지스칼드는 배에 힘을 꾹 주고 결의한 모습으로 똑같이 잔을 들어 올렸다.

"여덟 번째, 건배."

"건배."

"건배."

찰랑찰랑하게 렘블라가 든 잔을 들어 올린 알리시아에게 맞춰 다른 두 사람도 잔을 들어 올리며 말했다.

"아홉 번째."

알리시아는 단숨에 잔을 비웠다.

발로이도 태연하게, 물이라도 마시듯이 잔에 든 것을 단숨에 들이켰다.

지스칼드는 싫어하는 음식을 억지로 먹게 된 아이처럼 눈을 감고, 독한 술을 목으로 흘려 넣었다.

다음 순간, 지스칼드는 우우 신음하며 거친 숨을 내뱉었다. 급속도로 전신을 맴돈 알코올이 단정한 하얀 얼굴을 새빨갛게 물들였다.

그래도 지스칼드는 빈 잔을 꽉 움켜쥐고 다음을 대비해 필사적으로 알리시아를 노려보고 있었다.

발로이 쪽은 평소 애음하던 술이었고, 게다가 지금 마신 양은 방금 자신이 불평을 늘어놓았을 정도로 적은 양이었다. 이렇다할 반응도 보이지 않으며 '자, 이제 어쩔까?' 묻는 얼굴로 알리시아를 바라보았다.

두 사람뿐만이 아니라 실내에 있는 전원이 주목하는 가운데.

알리시아는 빈 잔을 입에 갖다 대고, 입에 머금었던 램블라를 뱉어냈다.

"열 번째, 예요."

입가를 훔치면서 방긋 웃는 알리시아를 발로이와 지스칼드가 멍청히 바라보았다.

두 사람만이 아니라 실내에 모인, 개성 강한 사람들도 전부 멍하니 서 있었다.

"두 분 다 흉내 내실 수 없나요? 그럼…… 제 승리, 네요……."

승리를 선언하는 말꼬리가 흐늘흐늘해졌다.

미량이지만 알리시아도 램블라를 마셨다. 지스칼드만큼 두드러지지는 않았지만, 뺨은 빨갛게 물들었고, 다리도 휘청거렸다.

"알리시아!"

옆으로 쓰러질 뻔한 알리시아를 간발의 차이로 카슈반이 그러안았다.

조건 반사적으로 움직였지만, 카슈반은 아직도 어딘가 어안이 벙벙한 얼굴을 하고 있었다. 그런 카슈반에게 시선을 주며 발로이가 갑자기 크게 폭소했다.

"─하하하하, 하하하! 과연 사신 공주로군! 악명 높은 아즈베르그의 변태가 반할 만하군!!"

스리슬쩍 카슈반의 험담을 하며, 발로이는 힘이 빠져서 탁자 위에 축 늘어진 지스칼드에게 웃어 보였다.

옆에서는 제오르디스가 바닥에 웅크리고 앉아 대폭소하고 있었고, 플로리안이 작은 목소리로 행동을 나무라고 있었다.

"우리가 졌다. 그렇지? 지스 도련님."

"닥쳐라……!"

술기운에 촉촉하게 젖은 눈동자를 번뜩이며 지스칼드는 으르렁거렸다. 태양과도 같이 화려하고 오만한 미모를 자랑하는 남자인 만큼, 궁지에 몰린 모습은 한층 더 참담해 보였다.

"'진흙의 백성' 주제에. 바다를 아무렇지도 않게 건너고, 바다에서 나는 것을 태연하게 입에 대는 사교 무리가!!"

신앙심이 부족해 더 높은 나라에 가지 못한 '날개의 기도' 신자가 가라앉는 물밑 왕국. 바다 밑에 있다고 전해지는 그 나라와 관련되지 않고자 경건한 신자는 해산물을 절대로 입에 대지 않으려고 한다.

"지스, 이제 그만 해요!! 결판은 났어요. 물러서요!!"

비명과도 같은 소리를 지르며 에르티나가 지스칼드의 어깨를 가볍게 내리눌렀다. 지스칼드가 시끄럽다는 듯이 몸을 크게 흔들었다. 그 모습을 잠자코 지켜보고 있던 발로이가…… 갑자기 어조를 바꾸었다.

"─옛날, 옛날 아주 오랜 옛날에 우리 라그라드르인의 선조는 1년 내내 햇빛이 쏟아지는 머나먼 남쪽 땅에서 행복하게 살고 있었습니다."

마치 음유 시인처럼 말을 자아내는 어조에는 머뭇거림이 없었다. 그 말이 발로이의 의식에 깊숙이 침투해 있음을 잘 알 수 있었다.

"아름답고 상냥한 대지의 여신에게 사랑을 받아, 언제까지고 행복한 나날이 계속되리라고 생각했습니다. 그러나 어느 날, 대지의 여신에게 냉대를 받은 불의 산의 신이 대지의 여신에게 복수하려고 용암으로 땅을 가득 채웠습니다. 선조들은 어쩔 수 없이 신천지를 찾아 바다를 건너 북쪽 땅에 도착했습니다."

이것이 라그라드르의 신화다. '날개의 기도' 교단 가르침과는 전혀 다른, 그들의 이야기.

"그러나 그곳은 하얀 피부를 가진 백성이 다스리는 추운 토지였습니다. 하얀 피부 백성은 검은 피부를 가진 라그라드르인을 바다에서 온 악마라고 단정 짓고 노예나 볼거리로 만들었습니다. 그러나 그렇게 해서라도 살아남은 자들은 운이 좋은 편이었습니다. 대부분 사람은 북쪽 기후에 적응하지 못하고 죽고 말았습니다."

아무도 말을 하지 않았다.

지스칼드조차 날뛰던 행동을 멈추고 잠자코 기묘하게 차분한 발로이의 표정을 보고 있었다.

"살아남은 자는 하얀 피부 백성도 살기 힘든 곳으로 내쫓기듯이 도망쳐 그곳에 자신들의 나라를 세웠습니다. 그것이 라그라드르의 시작— 우리 선조가 받은 굴욕의 이야기입니다……."

느릿하게 이야기를 끝마친 발로이는 다시 어조를 휙 바꾸었다.

"왜 우리가 바다를 건넜느냐고? 그곳에서 먹고 살 수 없었기 때문이다. 왜 바다에 사는 걸 먹느냐고? 그 외에 먹을 것이 주어지지 않았기 때문이다."

지스칼드가 내던진 모욕에 대한 대답을 발로이는 담담하게 내밀었다.

"별로 이해해달라고 할 생각은 없어. 우리도 네가 놓인 상황을 이해할 생각은 없으니까. 그렇지만 뭐, 모처럼 있는 기회다. 한번은 협력하자는 이야기도 나온 사이고, 뭐든 공부하는 게 나쁜 일은 아니잖아?"

장난스럽게 한쪽 눈을 찡긋해 보인 발로이에게서 지스칼드가 시선을 돌렸다.

그러나 발로이는 다시 평소와는 조금 다른, 진지한 어조로 말했다.

"너희는 더러운 말로 우리를 부르지. 하지만 우리는 자신을 뭐라고 부르는지 아나?"

"'태양의 백성'."

세 가지 목소리가 동시에 대답했다.

하나는 카슈반, 다른 하나는 졸린 얼굴을 한 알리시아.

그리고 다른 하나는 제오르디스였다.

발로이에게는 뜻밖이었는지 눈을 크게 떴다. 그러나 대답을 한 세 사람도 마찬가지였다. 특히 카슈반은 눈을 동그랗게 뜨고 품속에 있는 아내를 바라보았다.

"알리시아, 너…… 어떻게 알지? 나는 발로이에게서 들었지만……."

"책에서…… 읽었습니다. 지금 하신 그 이야기도…… 분명히, 책에……."

알리시아가 멍하니 풀린 눈을 하고 대답했다. 제오르디스가 재미있다는 듯이 알리시아를 들여다보았다.

"우리, 아무래도 또 똑같은 책을 읽었나 본데. 정말이지 마음이 잘 맞는다니까."

친한 척하는 태도에 카슈반은 발끈해서 알리시아를 안아 올려서 제오르디스와 거리를 두었다.

지스칼드도 에르티나를 밀어젖히고 비틀비틀 일어섰다. 그때 발로이가 갑자기 입을 열었다.

"그리고 또 하나. 거기 전 왕녀 전하는 정말로 좋은 여자다. 좀 더 소중히 대해주라고."

놀란 얼굴을 하는 에르티나에게 발로이는 찡긋 윙크를 해 보이고는 말을 이었다.

"우리가 믿는 신은 여신이라서 말이야. 너희도 성녀를 받드는 주제에 왜 좀 더 여자를 소중히 대하지 않지?"

지스칼드는 말없이 시선을 돌리고는 위태위태한 발걸음으로 방 밖으로 걸어나갔다.

"이번에는, 내가 졌다."

복도로 나가기 직전, 지스칼드는 분명히 그렇게 말했다. 에르티나를 따라온 오델 가 고용인들이 당황해서 주인을 쫓아갔다.

"……편견을 갖고 있던 점은 사과하죠. 아무리 생각해도 남자로서 격은 당신이 더 위겠네요, 렉산드르 자작."

쓴웃음을 지은 에르티나가 발로이를 향해 정중하게 고개를 숙였다.

"알리시아도, 고마워요. ……제대로 듣고 있나요?"

"예……, 에르티나 님, 맛있어요……."

그다지 제대로 듣지 못하는 알리시아의 대답에도 에르티나는 만족스러워 보였다.

"당신도 고마워요, 카슈."

마지막으로 카슈반에게 머리를 숙이고, 에르티나는 남편을 쫓아가려고 했다.

그러자 '카슈'라는 한마디를 듣고, 반쯤 잠들어 있던 알리시아가 저도 모르게 카슈반의 가슴팍을 꽉 움켜쥐었다.

"알리시아?"

약하게 전해지는 통증에 카슈반이 시선을 떨어뜨리자, 알리시아는 열기를 띤 눈으로 그를 바라보았다.

사치를 부려서는 안 된다. 어렸을 때부터 지켜온 경계심은 지금은 거의 풀어지긴 했지만, 그나마 마지막 한 선만큼은 유지하고 있었다. 그것을 렘블라가 녹여버리고 말았다.

줄곧 참고 있었지만 사실은.

"……싫어……."

"……뭐라고?"

"싫어요……. 에르티나 님, 카슈…… 싫어요……."

"대체 무슨……, 아."

카슈반은 처음에는 그저 의아해하기만 했다. 그러나 곧 카슈반의 얼굴에 무슨 말인지 이해했다는 표정과 함께 기쁨의 빛이 천천히 번져나갔다.

저절로 풀린 입가에 다시 힘을 준 카슈반은 자신과 똑같이 의아한 얼굴인 에르티나에게 과장된 동작으로 인사를 했다.

"오델 후작 부인. 죄송하오나 앞으로 저를 애칭으로 부르는 일은 그만둬 주시겠습니까?"

그리고 자랑스럽게 말을 매듭지었다.

"그렇지 않으면 제 아내가 질투할 테니까요."

"……어머나."

어이가 없다는 표정을 지은 에르티나가 다음 순간, 홍 얼굴을 돌렸다.

"……아까 했던 말 철회. 이런 때에 그렇게 애정 행각 하는 모습 보이지 말아요, 바보 카슈."

살짝 부러운 듯이 말하고, 에르티나는 이번에야말로 방을 떠났다.

카슈반이 드디어 자력으로 서 있을 수 없어진 알리시아를 안아 올렸다.

"뭐, 질투하는 모습도 귀여운 아가씨를 봐서 이번에는 이 정도로 봐줄까."

렘블라의 독한 향이 감도는 가운데, 발로이는 아이고 맙소사, 라고 고개를 저으며 기지개를 켰다.

"그렇다 쳐도 변함없이 재미있는 일을 생각하는 아가씨로군. 왕자님만 보내버리려고 그러나 생각했더니만, 그런 수를 쓸 줄이야."

발로이는 카슈반에게 강하게 안겨서 기분이 완전히 들뜬 알리시아를 상찬의 의미를 담아서 바라보았다.

"그것도 어떤 책에 적혀 있던 내용이지? 알리시아."

또다시 가까이 다가온 제오르디스가 바로 알리시아에게 말을 걸었다.

"뭐야, 또 책인가. 하하, 하지만 아무리 다른 곳에서 보았다고 해도 한 번 입에 머금은 술을 다른 사람들 앞에서 당당히 내뱉을 수 있는 귀부인은 이 아가씨 정도겠지. 대단한 아가씨야."

기분 좋게 웃은 발로이가 커다란 손으로 알리시아의 머리를 부드럽게 쓰다듬었다.

카슈반의 손과 비슷한 감촉이 기분이 좋아서 알리시아는 일광욕을 하는 고양이처럼 눈을 가늘게 떴다.

"어이, 그만둬라 발로이. 멋대로 알리시아를 만지지 마."

카슈반은 불쾌한 얼굴로 말하고는 알리시아를 안은 채 몸을 뒤로 뺐다. 그와 동시에 이번에는 레네가 슥 발로이 옆으로 이동해 왔다.

"발로이 님, 바라신다면 저도 얼마든지 마신 술을 다시 토해내겠습니다. 그러니까."

"……저기, 레네."

레네가 매번 입에 올리는 '결혼해주십시오'라는 말을 가로막으며, 발로이는 새삼스러운 목소리를 냈다.

"내친김에 확실히 해두자. 결혼할 정도로 너를 좋아하지는 않아."

"그럼 저 거유 하녀는 결혼할 정도로 좋아하십니까?"

갑자기 레네가 강한 눈초리로 쳐다보는 통에 노라가 흠칫했다.

그러나 발로이는 싱겁게 고개를 저었다.

"아니, 빵빵한 가슴도 성격도 전부 내 취향이지만 결혼하고 싶다고 생각한 적은 없어."

"잠깐만요, 발로이. 결혼 생각도 없으면서 그렇게 사람을 쫓아다녔나요?!"

그것도 나름대로 화가 나는지 노라가 분개했다. 발로이는 노라에게 어깨를 가볍게 움츠려 보였다.

"그게 나는 라그라드르인, 너는 실딘인이라고. 내가 결혼해달라고 하면 너는 결혼해주나?"

"……그건."

노라는 말문이 막혔다. 발로이는 노라를 더는 깊이 추궁하지 않았다. 대답하기 어려운 질문임을 알기 때문이었다.

"제가 '태양의 백성'이 아니기 때문입니까? 어느 나라 출신인지도 모르는 인간이라서 결혼해주시지 않습니까?"

이번에는 발로이가 대답하기 어려운 질문을 받았다. 필사적으로 물고 늘어지려는 레네에게 발로이는 떫은 얼굴로 '아니야.'라고 대답했다.

"그렇지 않다니까. 너는 그저 단순히 내 취향이 아니야."

"가슴이라면 이제부터 열심히 키우겠습니다."

"뭘 어떻게 할 생각이냐, 너. 뭐, 분명히 가슴이 절벽인 점은 문제이긴 해. 하지만, 그것 때문만은 아니다. 무엇보다 너는 나를 좋아한다는 이상한 착각을 하고 있을 뿐이야."

검은 머리카락을 마구 휘저으며 발로이는 레네를 설득할 말을 찾고 있었다.

"……너희 전 '장난감 군대' 녀석들은 사냥개다. 먹잇감과 주인이 없으면 살아갈 수 없도록 교육받았지. 그래서 때마침 널 주워준 나한테 달라붙었다, 그뿐이다."

"하지만 발로이 님."

"계속 들어봐. 착각에 편승하려고 든다면 얼마든지 그럴 수 있지. 하지만 나는 뻔뻔스럽게 그럴 수 있을 정도로 나쁜 남자가 되고 싶지는 않다. 어이쿠, 말해두지만 너를 위한 게 아니야. 내 미학에 반하기 때문이다. ……이전에 너를 구해준 것도 같은 이유에서다."

그렇게 말한 발로이는 레네가 그때까지 계속 쥐고 있었던 나이프를 슥 빼갔다.

"애초에 너를 준 이유는 '장난감 군대'의 정보를 얻고 싶었기 때문이다. 덧붙여 말하자면, 주울 수 있었다면 너보다 몇 배나 더 실력이 뛰어난 사신 쪽이 더 좋았으리라고 생각하고 있어."

"……알고 있습니다."

'사신'이란 '장난감 군대' 안에서도 실력이 출중했던 루아크를 말한다. 독단으로 루아크를 발로이 용병단에 끌어들이려고 한 적이 있는 레네의 속눈썹이 살짝 흔들렸다.

"그러나 여자인 제가 편리한 면도 분명 있을 겁니다. 예를 든다면요."

"아아, 알았다. 굳이 예까지 들지 않아도 돼!!"

발로이는 당황해서 또다시 위험한 발언을 하려는 레네의 입을 막았다.

"뭐 때문에 너를 왕궁에 데려와서 귀엽게 꾸몄다고 생각하냐? 네 나이 또래 여자아이다운, 평범한 행복을 체험시켜주고 싶었기 때문이다. 그러면 약간은 정신을 차릴지 모른다고 생각했건만…… 소용없는 짓이었나."

발로이는 포기한 듯 한숨을 내뱉고는 허리에 손을 얹은 채 명령했다.

"레네, 내 용병단에서 빠져라."

"발로이 님!!"

큰 소리를 낸 레네의 머리로 발로이가 손을 뻗었다. 하얀 머리카락을 부드럽게 쓰다듬는 손길에 레네의 무표정에 금이 갔다.

"걱정하지 마라. 먹고살 돈과 살 곳은 준비해줄 테니까."

"그런 것 필요 없습니다."

"아니면 나보다는 좀 떨어지지만, 좋은 남자도 소개해주마."

"발로이 님 이외에 남자 따위는."

"말 좀 들어보라니까."

"싫습니다."

더 이상 단호할 수가 없을 정도로 단호하게 레네는 발로이의 말을 거부했다.

"발로이 님의 명령이라면 뭐든 듣겠습니다. 죽으라고 말씀하신다면 죽겠습니다. 그러나 당신과 떨어지는 일만큼은 절대로 싫습니다."

"……아니, 너 지금 '말 좀 들어보라는' 내 명령을 산뜻하게 무시했는데?"

발로이가 천연덕스럽게 지적했지만, 필사적인 레네는 그런 말 따위 귀에 들어오지 않는 모양이었다.

"곁에 있게 해주십시오. 당신의 도움이 되고 싶습니다. 가슴 이외에 제게 부족한 점이 무엇입니까. 뭐든 말씀해주십시오. 노력하겠습니다."

"……특별히 도움이 되는 곳이 없어서 나가라는 말이 아니야. 오히려 너희는 너무 도움이 돼……. 보고 있으면 때때로 괴로워질 때가 있어."

발로이는 씁쓸한 감정을 담아 설득을 계속했지만, 레네는 고개를 저을 뿐이었다.

"그럼 왜입니까? 발로이 님은 일단 작위를 가지신 몸, 반면에 저는 아이를 낳을 수 없기 때문입니까?"

"아니야, 이 바보 자식! 그 얘기는 하지 말라고 했을 텐데. 화낸다."

발로이가 정말로 화가 난 목소리로 말했다. 그 말을 듣고 카슈반은 왜인지 눈을 내리깔았다.

레네는 한층 더 변함없는 태도로 발로이를 바라보았다.

"버리지 말아 주십시오. 곁에 있게 해주십시오. 부탁입니다. 발로이 님. 부탁."

"……아, 진짜. 알았다 알았어. 표정 없는 얼굴로 울지 마! 모처럼 입은 드레스가 다 젖었잖아!!"

표정을 거의 움직이지 않으면서 붉은 눈동자에서 방울방울 눈물을 흘리는 레네의 끈기에 발로이는 두 손을 들었다.

"그럼 지금까지처럼 곁에 있게 해주시는 거죠?"

확답을 받고 싶은 듯, 레네는 방울방울 눈물을 흘리면서 물었다. 발로이는 몹시 싫증이 난다는 얼굴로 레네에게 시선을 주었다.

"알았다. ……젠장, 이제 알았으니까 눈물 좀 멈추라고…… 나는 여자 눈물이 거북하단 말이다……."

"알고 있습니다. 그럼 결혼해주시겠습니까?"

"결혼은 안 한다. 빌어먹을. 그렇게 써먹을 수 있는 걸 모조리 써서 싸우는 점도 싫다고. ……두 번 다시 네 눈물에는 속지 않을 테다……."

가짜 눈물이라는 사실을 알고는 있지만, 그래도 여자가 우는 모습을 별로 보고 싶지 않은 모양이었다. 발로이는 소맷자락으로 쓱쓱 레네의 눈가를 닦아주었다.

"포기하고 레네를 아내로 맞는 게 어떠냐, 발로이. 노라는 슬슬 상대가 정해질 모양이다."

티르나드에게 시선을 주면서 카슈반이 끼어들었다. 그에 발로이는 떫은 표정을 지었다.

"나는 네놈 같은 빈유 취향이 아니야."

"어이, 발로이. 나는 알리시아가 빈유라서 결혼한 게 아니야!"

"상대가 정해졌다? 무슨 농담을 하고 계십니까? 강공작 각하."

카슈반에 이어 세이그람까지 끼어들었지만, 발로이는 무시했다. 발로이는 겨우 눈물을 거둔 레네의 머리를 퐁 두드렸다.

"……사냥개와 달리, 인간은 자살할 수 있지. 그게 너희의 가장 귀찮은 점이다. 어이, 돌아가자, 레네. 이제 이런 곳에 볼일은 없어."

"예."

돌아가자는 말에 기뻐하는 레네를 향해 발로이는 다시 한번 선언했다.

"말해두지만, 그렇다고 해서 너랑 결혼할 생각은 없다. 알겠냐?"

"예, 저도 포기하지 않겠습니다."

레네도 똑같이 선언했다. 발로이는 깊게 한숨을 내쉬었다. 그러나 계속해봤자 수렁에 빠져들 뿐인 언쟁을 재개하려고 들지는 않았다.

대신 힐끗 카슈반을 돌아보았다.

"너도 신경을 써주라고, 카슈반."

"……알고 있어."

똑같이 갈 곳 없는 사냥개를 주운 몸으로서 생각하는 바가 있어서이리라. 카슈반도 한숨을 쉬며 고개를 끄덕였다.

발로이도 레네도 가버리면서 실내에 남은 사람도 꽤 줄었다.

누구나 드디어 소동이 끝났다고 생각했다. 그러나 아직 그 자리에 남아 있던 제오르디스의 한마디로 방 안에 또다시 태풍이 불어 닥쳤다.

"레네도 귀여운걸. 따로 좋아하는 남자가 있는 여자는 왜 저렇게도 매력적으로 보일까? ……부럽군."

"……왕자님."

플로리안이 낮은 목소리로 나무라자, 제오르디스는 더는 레네에 관한 말을 하지 않았다. 대신.

"우선 진정되어야 할 일은 잘 가라앉은 것 같군. 그도 다 내가 중재해준 덕분이지? 카슈반."

상처를 일그러뜨리며 웃은 제오르디스는 알리시아를 안은 카슈반을 향해 손을 내밀었다.

"그러니까 당연히 나한테 보답을 해줘야지. 그렇지? 카슈반. 그런데 네 이름은 좀 긴걸. 나도 에르 누님처럼 카슈라고 불러도 될까? 항간에서는 아즈베르그의 폭군이나 변태라고 불리는 모양이지만. 아아, 나를 제오라고 불러도 상관없어."

왕자가 늘어놓는 헛소리의 후반부를 카슈반은 무시했다.

"……우리는 친구가 됐다고 말씀하셨지요. 자고로 친구란 보답을 바라지 않고 상대를 위해 행동하는 자. 틀립니까? 왕자 전하."

"그 말대로다. 그럼 친구니까 알리시아도 절반은 내 거네."

한없이 뻔뻔한 제오르디스의 요구를 듣고 플로리안이 '왕자님!' 하고 거친 목소리를 냈다.

"적당히 하십시오! 무료함도 충분히 달래셨잖습니까. 방으로 돌아가시지요!!"

플로리안이 은색 어깨 보호대가 들썩일 정도인 기세로 간언했지만, 제오르디스는 상대도 하지 않았다.

"처음에는 어느 쪽이냐면 카슈, 너를 만나고 싶었다. 하지만 만나보고 나니 알리시아 쪽이 더 마음에 들더라고. 뭐, 친구니까 여자 취향이 비슷한 건 어쩔 수 없겠지."

카슈반이 함부로 행동할 수 없음을 이용해 멋대로 애칭을 입에 올린 제오르디스는 갑자기 카슈반에게 한 발 다가섰다. 그리고 가까운 거리에서 카슈반과 눈을 맞추었다.

"알고 있어? 인간은 거울에 비친 자신의 얼굴을 가장 싫어하지. 왜냐면 거울은 정직하거든."

의미심장한 말에 카슈반은 얼굴이 굳었다. 제오르디스는 한층 말을 이었다.

"그리고 보니 네 얼굴은 아버지와 똑 닮았다더군. 부러운걸. 거울을 보면 언제나 존경하는 남자를 만날 수 있을 테니."

카슈반의 팔에서 힘이 빠졌다. 제오르디스는 그 틈을 노려 꾸벅거리는 알리시아의 양팔을 잡고 잡아당겼다.

"꺅!"

강한 힘에 알리시아는 눈을 떴다. 알리시아는 어느새 제오르디스의 팔에 안겨 있었다.

그러나 상반신만 그랬다. 허리부터 아래는 여전히 카슈반에게 안겨 있었다.

"어머……, 뭔가 또 다른 게임인가요……?"

잠기운 가득한 눈을 비비면서 제오르디스를 올려다본 알리시아는 의아한 듯 중얼거렸다.

"그래, 알리시아를 절반으로 나누는 게임이야. 상반신은 내 것, 하반신은 카슈 것."

"왕자님!!"

"전하!!"

듣기에 따라서는 꽤 천박한 말에 카슈반과 플로리안이 낯빛을 바꾸었다. 그러나 제오르디스는 알리시아를 바라볼 뿐이었다.

초조해진 카슈반은 알리시아를 다시 끌어오려 했다. 그러나 제오르디스의 힘도 비슷하게 강했다. 자칫하면 알리시아가 다칠 수도 있었다.

그렇다고 해도 완전히 손을 놓으면 전신을 빼앗길 뿐이었다. 상대가 왕자여서 섣불리 손을 대기도 어려웠다.

"왕자 전하. 장난이 심하십니다. 약혼자가 있는 몸으로 타인의 아내에게 손을 대시다니⋯⋯!"

어쩔 수 없이 대의명분을 입에 올리자, 제오르디스는 태연하게 맞받아쳤다.

"아아 그래. 나만 알리시아의 절반을 받으면 불공평하지. 그럼 나중에 뮤제를 절반."

"왕자님!"

여동생의 이름을 들은 플로리안이 격앙된 목소리를 냈다. 그러나 제오르디스는 그에 개의치 않고 웃으면서 알리시아에게 말을 걸었다.

"있지, 알리시아. 네가 아주 좋아하는 남편을 내가 구해줬다. 그러니까 나한테 고맙다는 인사를 해줘."

"인사⋯⋯?"

"간단해. 입맞춤을 해주면 돼. 자."

제오르디스가 얼굴을 가까이 갖다 대면서 권하자, 알리시아는 비몽사몽 간에도 고개를 저었다.

"⋯⋯안 돼요⋯⋯. 저는, 카슈반 님의, 아내⋯⋯."

그 말에 제오르디스는 오히려 기쁜 듯한 얼굴을 했다.

　"돈에 팔려 온 신부가 기특하게도 정조를 지키려고 하나? 정말로 부러워, 카슈. 그렇기 때문에 한층 더 빼앗는 보람이 있지. 너라면 알아주겠지? 이 고상한 취미를."

　"이 자식……!!"

　카슈반의 인내의 끈이 끊어지기 직전, 알리시아가 슥 손을 뻗었다.

　"하지만, 이거라면……."

　알리시아가 뻗은 손이 제오르디스의 머리에 가 닿았다.

　카슈반에게도 몇 번인가 했던 동작으로, 알리시아는 그의 머리를 쓰다듬어주었다. 상냥하게, 애정을 담아서.

　"고맙습니다, 제오, 아니 왕자 전하…… 제가 정말 좋아하는 서방님을 구해주셔서……."

　약간은 부끄러워하며, 그렇지만 이보다 행복할 수는 없다는 얼굴로 알리시아는 미소 지었다.

　제오르디스의 팔의 힘이 조금이나마 약해졌다. 그 점을 알아챈 카슈반이 바로 알리시아를 다시 끌어당겼다.

　"꺅."

　작은 비명을 지른 알리시아의 몸이 원래대로 카슈반의 품에 폭 안겨들었다.

　"다녀왔습니다, 카슈반 님……."

　"……어서 와, 알리시아. 그리고 안녕히 가십시오, 왕자 전하."

알리시아를 되찾아 온 카슈반이 제오르디스를 바라보았다. 시선이 찌를 듯이 차가웠다.

"돌아가라는 말인가? 배짱 좋군, 과연 악명 높은 아즈베르그의 폭군."

대부분의 사람이라면 물러설 터인 카슈반의 눈빛에 제오르디스는 오히려 기쁜 얼굴을 했다.

"조금 전 지스 형님 일은 상대가 라그라드르인이어서 말이야. 이달도 귀찮은 사태로 발전하지 않도록 모르는 척해줬지만, 나랑 너랑은 얘기가 달라. 자신이 이곳에서 어떤 평가를 받는지 알고 있겠지?"

협박 문구를 늘어놓으며 제오르디스가 또다시 알리시아에게 손을 뻗으려 했다. 그런데 제오르디스의 진로를 가로막은 자가 있었다.

비장한 얼굴을 한 티르나드였다.

"그, 그만, 둬, 제오."

몸은 긴장 때문에 크게 벌린 양손 끄트머리까지 바들바들 떨리고 있었고, 푸른 눈동자는 물기를 머금고 있어서 지금 당장에라도 울음을 터뜨릴 듯 보였다. 하지만 그러면서도 티르나드는 겨우 목에서 목소리를 쥐어짜 냈다.

"라이센, 부, 부부에게, 손, 손을, 대지, 마라. 친, 친구, 로서, 부탁한. 다."

"……헤에."

'친구'라는 한마디에 제오르디스의 오른쪽 눈에 나 있는 상처

가 꿈틀거렸다.

"나를 친구라고 생각해주고 있어? 기쁘다, 티르. ……그럼 옛날처럼 놀아볼까?"

천진난만한 목소리에 담긴 악의를 뒤집어쓰고 티르나드가 뒷걸음질 쳤다.

"그만두세요!"

그곳에 달려온 자는 노라였다.

"저, 저는 왕자 전하의 친구가 아니지만, 부탁합니다……. 카슈반 님과 마님과…… 레이덴 백작님을 상처 입히지 말아 주세요……!!"

이전과 같이 단순히 질문을 던지는 정도라면 모를까, 하녀인 노라가 왕자에게 이래라저래라 의견을 내기란 상당히 용기가 필요한 행동이었다. 노라의 행동에 카슈반도, 티르나드도 흠칫했다. 그러나 노라는 묘하게 즐거운 듯한 제오르디스를 바라보며 어금니를 꽉 물고 움직이지 않았다.

"이전부터 묘하게 노라는 티르에게 신경을 쓰고 있네. 혹시 티르를 좋아하나?"

제오르디스는 파랗게 질린 노라의 얼굴과 티르나드의 얼굴을 번갈아 바라보았다. 두 사람의 표정이 미묘하게 움직이는 걸 확인하자, 제오르디스는 웃으면서 노라에게 손을 뻗었다.

"그럼 친구니까 노라도 절반 나한테 줄 수 있지?"

노라가 그 자리에 굳어버렸다. 그 앞으로 세이그람이 재빨리 미끄러져 들어왔다.

"티르나드 님을 훌륭하게 감쌌다. 신부 후보 판정에 1점 추가다, 노라."

평소와 다르지 않은 말을 하고 있었지만, 제오르디스를 바라보는 세이그람의 눈은 여느 때 이상으로 날카로웠다.

"당신에게 부탁은 하지 않겠습니다. 제 주인에게도, 우선은 신부 후보인 노라에게도, 주인의 후견인 부부에게도 손을 대는 행위는 용납하지 않겠습니다."

"과연, 역시 전 용병인가? 정말로 믿음직스럽군. 실딘 내에서는 좀처럼 상대해주는 가문이 없었나 보지만."

제오르디스는 수많은 명문가를 전전하며 자신에게 걸맞은 주인을 찾던 세이그람을 비꼬았다. 세이그람이 눈을 살짝 가늘게 떴다. 그 말에 이번에는 티르나드가 목소리를 높였다.

"제오, 그만해! 세이그람을 괴롭히지 마라!!"

"너무한걸, 티르. 이 녀석이 괴롭힘을 당할 종자야? 뭐, 그래도…… 이런 녀석을 괴롭히면 재미있겠는걸."

"왕자 전하, 황송하오나!"

얼굴에 악랄한 미소를 띠는 제오르디스에게 트레이스가 머리를 깊게 숙였다.

"라이센 가, 지, 집사로서, 한 말씀 드리겠습니다. 이 같은 행동은, 당신께서 진정으로 원하셔서 한다고는 생각하지 않습니다……! 부디 손을 거둬주십시오……!!"

진지한 충언을 들은 제오르디스가 한순간, 진지한 얼굴을 했다.

그러나 곧바로 또다시 얼굴의 상처를 일그러뜨리는 미소를 띠더니, 왜인지 플로리안을 힐끗 눈으로 훑었다.

　"트레이스라고 했나? ……너는 왠지 누군가를 생각나게 하는군. 역시 카슈는 내 친구야. 나와 똑같은 걸 갖고 싶어 해……."

　즐겁게 웃는 제오르디스의 손이, 입이 새로운 악의를 구현하려고 했다. 카슈반이 알리시아를 강하게 끌어안았고, 티르나드가 노라의 팔을 잡아 자신의 등 뒤로 끌어당겼다. 그 순간.

　제오르디스의 코앞을 은색 궤적이 스치고 지나갔다.

　헉하고 발밑을 내려다본 제오르디스의 발 앞에 나이프 한 자루가 꽂혀 있었다. 아마도 식탁에 있던 식기 같았다.

　각도로 볼 때 천장 쪽에서 집어 던진 듯했다. 그러나 당연하게도 그곳에는 아무도 없었다.

　"당신이 졌습니다."

　말없이 나이프를 잡아 뺀 플로리안이 딱딱한 목소리로 말한 후 물러나기를 권했다.

　"실력이 뛰어난 자입니다. 눈대중이 조금이라도 어긋났다면 큰 상처를 입으셨을 겁니다. 물러날 때입니다. ……친구로서 진언합니다. 부디."

　멋으로 '순결한 은기사'라고 불리며, 요란한 갑옷을 입고 일상생활을 하는 게 아니라고 말해주듯이 플로리안의 눈은 정확했다. ―보이지 않는 사신의 분노를 사면 어떻게 될지 알 수 없었다.

　"인제 와서 얼굴에 상처가 늘어나더라도 별로 대수롭지 않지만……. 알았어. 가장 친한 친구이자 장래 매형이신 플로리안."

제오르디스도 플로리안의 능력을 정당하게 평가하는 듯했다. 지극히 시원스럽게 플로리안의 뜻에 동의했다. 그러나 험악한 얼굴을 한 일동을 둘러보며 불길한 말을 내뱉는 일도 잊지 않았다.

"명색이 왕족이면서도 신하에게 몰려서 즐거운 놀이를 그만둬야 한다니. 왕가의 위엄이 바닥에 떨어졌다고 이달이 한탄할 만해. 아아. 절대 왕정의 세계가 실현된다면 분명히 이런 일은 없어질 텐데."

키득거리면서 제오르디스는 의미심장하게 중얼거렸다.

"그런데 너희에게는 카슈반과 알리시아가 그렇게까지 소중한가. ……흐응…… 부러운걸. ……점점 갖고 싶어지는데."

"……왕자님."

좀처럼 자리를 뜨려 하지 않는 제오르디스를 플로리안의 목소리가 나무랐다.

"알고 있다니까. 이번에는 물러나 주지. 그럼 여러분, 안녕히. 너희가 앞으로 행복하길 빌지."

아무도 없을 터인 천장에도 상처 입은 눈을 향하며 제오르디스는 밝고 쾌활하게 웃었다.

"가지지 않은 걸 잃어버릴 수는 없잖아?"

[제5장] **가족의 초상**

 흔들흔들 전신이 기분 좋게 흔들렸다.

 제오르디스가 떠난 후, 카슈반의 팔에 안겨 있던 알리시아는 그대로 방으로 돌아갔다.

 세이그람과 노라는 결국 쓰러져버린 티르나드의 시중을 들며 옆방에 틀어박혀 있었고, 트레이스는 카슈반의 명령을 받아 한발 앞서 아즈베르그로 돌아갈 준비를 시작하고 있었다. 그래서 실내에는 두 사람뿐이었다.

 어느새 상당히 시간이 지나버렸는지 불을 켜지 않은 실내는 어둑어둑했다. 졸리기도 한 알리시아로서는 완전한 어둠 속에 있는 것이나 마찬가지였지만, 카슈반은 밤눈이 좋은 모양이었다. 발걸음에는 망설임이 없었다.

 "정말이지 진짜로 이곳은 복마전이다. 끊임없이 일이 터지는군……!!"

 짜증스럽게 내뱉으면서 성큼성큼 침대로 직행한 카슈반은 품 안의 알리시아를 시트 위에 내려놓으려 했다.

 "재빨리 작별을 고해주마! 오늘 중, 아니 늦어도 내일 중에는…… 알리시아?"

 거친 어조와 정반대로 상냥하게 자신을 내려놓고 자리를 뜨려는 손을 알리시아는 반사적으로 붙잡았다.

"이봐……."

"좋아해요……."

당혹스러워하는 카슈반의 눈을 가까이에서 들여다보며 알리시아는 중얼거렸다.

"좋아해요, 좋아해……."

"……이봐, 대체 어떻게 된 거야……."

어정쩡하게 알리시아를 팔에 안은 채 굳어버린 카슈반을 향해 몇 번이고 반복했다.

"좋아해요, 좋아해요…… 좋아해요, 좋아해요, 좋아해요……."

렘블라에 그나마 남아 있던 이성을 빼앗긴 지금, 수치심에 제대로 입에 올릴 수 없었던 감정이 멈추지 않고 솟아올랐다. 지금까지 말하지 못했던 만큼 보충하듯이, 알리시아는 황홀하게 미소 지으면서 자신의 감정을 계속 전달했다.

"좋아해요…… 카슈, 님…… 정말 좋아해요……."

처음으로 부르는 애칭조차 자연스럽게 입술에서 흘러나왔다. 카슈반이 작게 숨을 삼키는 소리가 들렸다.

하지만 그는 굳어버린 채로 반응다운 반응을 보여주지 않았다. 알리시아는 왠지 슬퍼져서 살짝 미간을 찡그렸다.

"……싫으신가요……?"

정말로 불안해하는 그 물음에 카슈반의 경직이 풀렸다.

입가에는 예의, 녹아버릴 정도로 상냥한 미소가 떠올라 있었다.

"……짓궂은 소리 마라. ……당연히 좋아하지……."

카슈반의 얼굴이 가까이 다가왔다. 천천히 입술이 겹쳐졌다.

"……응……."

잠을 부를 정도로 긴 입맞춤에 알리시아의 전신에서 힘이 빠져나갔을 즈음, 카슈반은 겨우 입술을 뗐다.

그러나 얼굴은 아직 알리시아의 가까이에 머물러 있었다. 알리시아를 들여다보는 눈동자에는 어딘가 괴로운 빛이 담겨 있었다.

"……너는, 아이를 갖고 싶은가?"

아이.

요즘 몇 번인가 들은 적이 있는 단어를 다시 듣고, 알리시아는 졸린 눈을 비비면서 이야기에 귀를 기울였다.

"솔직히 나는 줄곧 아이를 가지리라고는…… 아버지가 되리라고는, 상상해본 적이 없었다."

보답 받지 못한 사랑에 미쳐 마음의 틈을 메우듯이 차례로 여자들에게 손을 댔던 카슈반의 아버지, 레디오르 하르바스트. 하녀였던 마리안느 라이센을 임신시켜서 카슈반을 낳게 했지만, 그렇게 태어난 아들에게는 줄곧 정실인 지나가 어머니라고 말했다.

마리안느도 마지막 순간까지 농민 출신인 자신이 영주님에게 도움이 되어서 기쁘다고 생각했던 여자였다고 들었다. 카슈반이 제대로 돼먹지 못한 집안의 제대로 돼먹지 못한 꼬맹이가 제대로 성장할 수 있을 리가 없다고 내뱉었던 적은 언제였더라.

"부모가 될 만한 인간이 아니라고 생각하고 있었다. 원래부터 그렇게 길게 살 생각도 없었으니까……."

"카슈반 님……."

갑자기 카슈반이 멀게 느껴져서 알리시아는 손을 뻗었다.

가느다란 손가락이 카슈반의 뺨에 닿으면서 머리를 꼭 끌어안았다. 카슈반은 거스르지 않고 머리를 알리시아의 납작한 가슴에 기댔다.

"변경의 폭군, 벼락출세한 풋내기라고 경멸받으며 결국에는 누군가에게 토벌된다. ……아마 디네로겠지. 내게 그런 미래만이 기다리고 있으리라 생각했다. ……마지막에는 왕자님에게 죽는 게 괴물의 역할이니까 말이야."

카슈반이 보수적이고 무사안일주의자뿐이라고 매도했던 아즈베르그의 영민들.

말이 통하지 않는 '괴물'로 사람들에게 두려움을 샀던 전 영주의 포악함에 떨면서도 아무것도 하지 않았다. 그런 영민에게 속을 끓이다 못해, 카슈반 자신이 괴물이 되어 아버지를 처단했다.

그 뒤 카슈반은 '아즈베르그의 폭군'으로 군림하며 알리시아를 돈으로 사들이는 데까지 이르렀다. 사람들은 그런 카슈반을 탐욕스럽고, 원하는 건 모조리 손에 넣고 싶어 하는 오만한 벼락출세한 귀족이라고 보았다. 진심으로 국왕 자리를 노리고 있다고 보는 견해도 있었다.

그러나 아즈베르그의 폭군 자신에게는 다른 생각이 있는 모양이었다.

"그래서…… 카슈반 님은 아이에게 세습되지 않는 작위를 바라셨나요……?"

실딘 구 귀족은 카슈반의 작위에 대해 '웃기는 짓 하고 있다', '폐하의 위광을 입고 우쭐거린다'며 차가운 시선을 보냈다.

실제로 카슈반이 묘한 지위를 원했던 이유는 국왕이 자신의 지위를 보증하고 있다고 과시하기 위해서였으리라. 작위를 당대로 한정한 이유는 요구가 쉽게 관철되게 하려고.

그러나 어차피 자신의 지위는 오래 유지하지 못하리라 생각했음이 분명했다. 동시에 오래 유지하지 못해도 상관없다고도 생각했으리라.

"그래. 하지만…… 디네로는 내게 아즈베르그와…… 너를 맡겼다."

원래대로라면 아즈베르그의 영주였을 디네로. 누구보다도 영민과 영지를 사랑하는 그는 자신의 혈통을 끊어버리겠다는 결의와 바꾸어 영민에게 카슈반이 영주임을 인정하게 했다.

동시에 다른 미래에서는 자신의 신부가 되었을지도 모르는 알리시아를 함께 카슈반에게 맡겼다. 무표정한 얼굴 아래에 감정을 전부 숨기고.

그런 이상, 카슈반은 이제는 악습을 타파하기 위한 '괴물'이나 '폭군'으로만 남아 있을 수는 없었다. 웃기는 작위는 둘째 치더라도 평화를 창조하고 유지해야 하는 영주의 피를 다음 세대에 남겨야만 했다.

"영주로서 아즈베르그 지방에 확고한 기반을 구축하려면…… 언젠가 후계자 문제에도 직면한다……. 좋지 않은 예를 지금 막 본 참이고……."

재상 이달의 손에 갑자기 양지로 끌려 나온 '도서관의 유령', 제오르디스 왕자.

실딘 왕가가 끌어안은 복잡한 후계자 문제가 해결되지 않았기에 태어난 '괴물'.

"ㅡ그 녀석은 나랑 닮았다. 마치…… 거울을 보는 것 같아."

"카슈반 님……."

"사람은 거울에 비친 자신의 얼굴을 가장 싫어한다고…… 분명히 그렇군……."

제오르디스가 입에 담았던 예가 어지간히 마음에 와 닿았을까. 카슈반이 침묵했다. 카슈반의 머리를 알리시아는 조금 전 제오르디스에게 했듯이 상냥하게 쓰다듬었다.

"닮았다는 말은 다르다는 뜻이죠……. 똑같다면, 똑같다고 말하니까요. 그렇죠……? 거울에 비친 상은…… 실물과는 다르답니다……."

그렇게 말하면서 조금은 뻣뻣한 검은 머리카락을 빗겨주자 카슈반이 살짝 몸을 꿈틀거렸다.

"그래도 저는…… 카슈반 님이, 카슈반 님만이…… 특별하게…… 좋아요."

점점 취기가 풀린 알리시아가 부끄러운 듯이 말을 마치자 카슈반이 천천히 얼굴을 들었다.

"……그래, 나는 그 녀석과도…… 아버지와도 달라."

삐걱 소리를 내면서 카슈반은 알리시아의 얼굴 옆에 양손을 짚고 똑바로 바라보았다.

"내 공주님은 나만을 돌아봐 줘."

"카, 카슈반, 님……."

부끄러워서 카슈반의 시선에서 도망치고 싶었는데, 갑자기 강해진 '배가 아픈' 감각이 그것을 용납하지 않았다. 알리시아는 여느 때처럼 기둥이나 천장을 보지 않고, 시선을 똑바로 받아냈다.

"저, 저……, 또…… 배탈이…… 날 것 같아요……."

심장 뛰는 소리가 시끄러웠다. 얼굴이 빨갛게 달아올라서 불이 날 것 같았다.

하지만 언제까지나 이대로 있고 싶었다.

모순된 감정에 찢어지는 듯한 달콤 쌉쌀한 고통을 견디고 있으려니, 카슈반의 손가락이 베개에 흐트러진 알리시아의 머리카락에 닿았다.

"……영주니 뭐니 하는 것보다도 나 자신이 원하기 시작했다. 너와 행복한 미래를 보내고 싶다고……."

쑥스러움을 감추듯이 카슈반은 황갈색 머리카락 끄트머리를 만지작거리면서 어색하게 고백했다.

"처음에는 서로 이해가 맞아떨어졌을 뿐인 정략결혼이었지만, ……지금은…… 너와, 평범한, 행복한 부부가 돼서…… 줄곧 함께 지내고 싶다."

"저도…… 카슈반 님과 카슈반 님의 아기와…… 줄곧 행복하게 지내고 싶어요……."

아직도 아이를 만드는 경위를 알지 못하는 알리시아가 그렇게 말하자 카슈반은 살짝 웃었다……. 그러고는 갑자기 진지한 얼굴이 되었다.

"아기, 인가……. 100% 너를 닮는다면 갖고 싶지만, 너를 닮은 사내아이라면 싫은걸……. 하지만 딸도…… 시집보낼 생각을 하면……"

지금 생각하기에는 10년은 빠른 고민이지만, 본인은 매우 진지하게 걱정하는 모양이었다.

"무엇보다 딸이라면 환경에 문제가 좀…… 결코 나쁜 녀석들은 아니지만 이상한 걸 가르쳐줄 것 같아서…… 그렇다면 역시 가문을 이을 사내아이를…… 아니, 사내아이라도 이상하게 물들어 버리면……"

망상의 영역에 들어서기 시작한 고민을 듣고, 이번에는 잠기운이 몰려오기 시작한 알리시아가 멍하게나마 미소를 지었다.

"저는…… 카슈반 님을 닮은 여자아이라도 괜찮답니다……"

알리시아는 진심으로 한 말이었지만, 아무래도 카슈반의 지나치게 뛰어난 상상력이 불길한 방향으로 작동한 모양이었다. 카슈반은 미묘한 표정을 지었다.

"……그러면 내가 느끼기에 어떻고 자시고 간에, 딸아이가 불쌍해질 텐데……"

마른 목소리로 중얼거리다가 마지막에야 카슈반은 의식이 미래에서 현재로 돌아온 모양이었다.

알리시아는 자신을 내려다보는 눈동자에 어딘지 애절한 열기가 담겼음을 알아차리고는, 또 '배가 아픈' 감각에 휩싸였다.

"……하지만 지금은 아이보다도…… 확실한 증거를 갖고 싶다."

"즈, 증거……?"

"네가 나의 것이라는…… 증거를."

카슈반의 입술이 가까이 다가왔다.

알리시아는 저도 모르게 눈을 감고, 카슈반이 하는 대로 입을 맞추었다. 그러나 이번 입맞춤은 그저 입술을 갖다 대는 정도로만 끝나지 않았다.

"……응, 응……?! 응……웃……."

혀끝이 입술을 비틀어 열고 침입해 왔다.

깜짝 놀라서 거부하려고 했지만 혀가 침입하는 걸 완전히 막지는 못했다. 입속으로 카슈반의 혀가 들어왔다.

이전에 깨물지 마라, 라고 들었던 말을 기억해내고 이를 세우지는 않았지만, 갑작스러워서 놀란 알리시아는 자신의 혀로 밀어내고 말았다.

"응, 응응……!"

그러나 좋지 않은 행동이었다. 모르고 한 짓이었지만, 자신이 한 행위에 응답하는 듯한 반응을 보이자 기분이 좋아졌을까. 거꾸로 카슈반의 혀가 얽히더니, 혀끝을 달콤하게 빨아들였다.

젖은 소리가 가까운 거리에서 들려와, 점점 더 '배가 아파' 왔다.

"하아……."

영원할 것 같았던 입맞춤에서 해방됐을 때, 알리시아는 숨이 차쌕쌕거리고 있었다.

전신이 마비되어 힘이 들어가지 않았다.

하지만 카슈반은 여전히 떨어지려 하지 않았다.

"……좋아? 알리시아."

그러길 바라는 듯한 목소리가 귓가에서 들려왔다.

카슈반이 무언가를 갈구하고 있다. 무엇인지는 알 수 없었지만, 매우 소중한 무언가를.

—아니, 사실은 알리시아도 어렴풋이 눈치채고 있었다.

부부 사이에 입맞춤 이상으로 신성한 의식이 존재한다는 사실을. 그것이 아마도…… 초야라는 것을.

"너를, 누구에게도…… 디네로에게도, 왕자 전하에게도 빼앗기고 싶지 않다. 그러니까 이대로……"

카슈반의 손이 알리시아의 허리에 닿았다.

그 동작에서 평소와 다른 것을 느끼고 알리시아는 움찔 어깨를 들썩였다.

카슈반 님은 뭘 하려고 하실까. 그것을 알 수 없어서 무서웠다.

하지만 동시에 이렇게도 생각했다. 이 사람은 나를 상처 입힐 행동은 절대로 하지 않는다고.

줄곧 미루었던 초야를 치러서…… 카슈반 님이 다시는 이런 괴로운 얼굴을 하지 않는다면.

"예……. 하고 싶으신 대로 하세요, 카슈반 님……"

공포가 완전히 가시진 않았다. 하지만 두려운 감정을 넘어서 남편의 공포를 제거해주고 싶었던 알리시아는 고개를 끄덕였다.

"그래서 카슈반 님이 안심할 수 있으시다면……"

그 말에 카슈반은 제정신이 돌아왔는지 몸을 일으켰다.

"카슈반 님……?"

"……제길, 결국 자신을 위해서인가."

자기 자신에게 진절머리가 났는지 혀를 차는 얼굴이 씁쓸했다.

"다르기는 해도…… 닮았다……. 그 점은, 인정할 수밖에 없나."

자조적으로 혼잣말한 카슈반이 손을 뻗어 왔다.

알리시아는 또다시 움찔했다. 하지만 남편의 손은 평소처럼 아내의 머리를 쓰다듬었을 뿐이었다.

평소와 다르지 않은 동작에 안심하는 반면, 뭔가 부족함이 느껴졌다. 왜 그럴까?

"사랑이다, 애정이다 그런 말을 하면서 다른 사람과 자신의 인생을 엉망진창으로 만드는 그런 인간이 되지 않겠다고 그렇게나 생각했었는데……."

어둡게 가라앉은 눈동자 깊숙한 곳에는 분명히 제오르디스와 레디오르의 얼굴이 어른거리고 있으리라.

"카슈반 님, 저는."

"……결국 자신이 없어서다. 아직 나 자신을 완전히 믿을 수 없어."

마지막 한 선을 넘으려고 들지 않는 태도가 애가 타서 알리시아는 자신은 괜찮다고 다시 한번 호소했다. 그러나 카슈반은 지금까지 몇 번이나 그래 왔듯이 고개를 저었다.

그러나 오늘은 거기서 끝이 아니었다.

"언젠가……."

고통을 견디려는 표정이기는 했지만, 카슈반은 이렇게 말했다.

"언젠가 아버지가 될 수 있을 정도로 힘과 각오를 가질 수 있으면…… 네가, 내 아이를 낳아줬으면 한다."

"……카슈반 님……."

최후의 한 선을 넘을 정도의 용기는 아직 낼 수 없다. 언제 그럴 수 있다고 기한을 정할 수도 없다.

비겁해서일지도 모른다. 그러나 그것이 카슈반의 성실함을 보여준다는 사실을 알리시아는 알 수 있었다.

"예…… 언젠가……."

"……그래. 언젠가, 꼭."

황갈색 머리카락을 다시 한번 쓰다듬고 카슈반은 슥 침대에서 내려왔다.

"그러니까 알리시아. 너는 앞으로도 계속 나만의 공주님으로 있어 줘."

바닥에 발을 대며 그 한마디를 입 밖으로 내자 알리시아는 얼굴이 빨개지고 말았다.

카슈반도 스스로가 부끄러워진 모양이었다. 문 쪽으로 시선을 돌리면서 퉁명스럽게 고했다.

"……여러 가지 일이 있어서 피곤하겠지. 그대로 여기서 자라. 나는 아즈베르그로 돌아가기 위한 준비를 하고 오겠어."

"……예."

말은 쌀쌀맞았지만 알리시아를 소중하게 생각하고 있음이 잘 전해졌다. 알리시아는 기뻐져서 수줍게 미소 지었다. 그대로 방을 나서는 남편의 뒷모습을 바라보고 있노라니.

"사랑한다."

방을 막 나가려는 참에 카슈반이 날린 고백이 방심하고 있던 심장을 직격했다.

잠기운도 완전히 날아가 버릴 정도로 '배탈이 난 것 같은' 감각이 엄습해서 알리시아는 머리끝까지 이불을 뒤집어쓰고 혼자서 몸부림 치는 처지가 되었다.

카슈반이 억지를 쓴 결과, 알리시아 일행은 다음 날에는 정말로 왕궁을 떠날 수 있었다.

어제 일에 관해 제오르디스가 무슨 말을 하지 않을까, 카슈반은 경계하고 있었다. 그러나 아직도 자리보전하는 국왕의 직무를 대행 하는 이달은 맥 빠질 정도로 시원하게 귀환 허가를 내주었다. 단기간 에 이보다 더 소동을 일으켜서는 곤란하다. 그렇게 생각하고 있을지 도 몰랐다.

"아쉽네요……."

알리시아는 특히 도서관 방향을 미련이 남은 얼굴로 뒤돌아보았 다. 알리시아는 노라를 거느리고 중정을 빠져나와 왕궁 측면에 세워 놓은 마차로 향하고 있었다. 카슈반과 나머지 사람들은 가장 효율이 좋은 귀갓길을 상담하려고 한발 앞서 마차에 타고 있었다.

"마침 생일이 가까워져 오니까, 카슈반 님에게 멋진 도서관을 지 어달라고 조르면 되잖습니까, 마님."

노라의 제안에 완전히 차가워진 바람에 머리카락을 날리던 알리시 아는 얼굴을 환하게 밝혔다.

"멋져요! ……하지만 돈이 무척 많이 들겠네요."

"……카슈반 님은 아마도 아낌없이 돈을 대주실 겁니다. 또 마님이 좋아하는 분야의 책은 싸게 입수할 수 있을 테고요……. 틀림없이 다시 왕궁에 오고 싶어 하시기보다 백배는 낫다고 생각하실 겁니다. 자, 이런 곳은 얼른 떠나죠."

노라도 이곳에는 두 번 다시 오고 싶지 않다는 표정으로 알리시아를 재촉했다. 그러나 문득 들려온 요란한 금속음에 숨을 삼켰다.

"이 소리……!"

"……실례하겠습니다, 라이센 강공작부인."

노라가 걱정했던 대로 가까운 곳에 있는, 살짝 눈이 쌓인 나무 사이에서 얼굴을 내민 자는 플로리안이었다.

"어머, 마벨 님…… 이 두 분."

알리시아도 틀림없네요, 라고 확인하면서 그렇게 말했다. 플로리안의 곁에는 여동생인 뮤제도 있었다.

"안녕하세요. 두 분께서 오늘은 무슨 일이신가요?"

"왕자 전하의 대리인으로 이별 인사를 드리러 왔습니다."

"……대리인?"

언제 플로리안의 주인인 제오르디스가 튀어나올지 몰라 겁먹었던 노라가 의아한 얼굴을 했다.

"예. ……왕자님께서는 자신이 간다면 다들 싫어할 것이라고 하셨습니다."

그야말로 그 말에 딱 들어맞는 반응을 보인 노라는 당황한 얼굴을 했다. 그러나 알리시아는 그러네요, 하면서 순순히 고개를 끄덕였다.

"레이덴 백작님을 괴롭히거나 하시면 다들 싫어할지도 몰라요. 하지만, 그런 짓을 하시지 않는다면 전 괜찮답니다."

"……정말입니다. 사람이 싫어한다는 걸 알고 계신다면 하지 않으시면 될 텐데."

저도 모르게 찬동해버린 플로리안은 이거 실례했군요, 하고 짧게 중얼거리고는 표정을 바로 잡았다.

"이것을 마님께 드리라고 하셨습니다."

"……어머!"

플로리안이 천천히 꺼내 든 물건은 알리시아가 도서관에 반납한 '비 오는 날에는 악령이 대합창 한다'였다. 노라가 '기껏 잊어버리고 있었는데'라면서 입가를 누르고 얼굴을 돌렸다.

"그동안 저지른 수많은 무례에 비한다면 사소한 것입니다만, 부디 받아주십시오."

"어머, 하지만 아무리 공짜라도 받을 수 없답니다."

"사과의 뜻으로 드리니 부디 받아주길 바라신다고 왕자님께서 말씀하셨습니다. 자."

그다지 열의가 느껴지지 않는 어조였으나, 플로리안에게도 양보할 기색은 없었다.

알리시아는 많이 망설였지만 역시 고개를 저었다.

"아뇨……. 안 돼요. 이 책은 왕자 전하가 좋아하시는 책이잖아요? 똑같이 책을 좋아하는 사람으로서 받을 수 없어요."

이 책을 저택 도서관에 놓는다면 무척 기쁘리라. 그러나 이 책은 제오르디스의 것이다.

그러므로 받을 수 없다며 알리시아는 권유를 거부했다. 그러자 플로리안은 약간 뜻밖이라는 표정을 지었다.

"강공작 각하께 죄송하다는 이유라면 반드시 떠넘기고 오라는 말을 들었습니다만."

단정한 얼굴에 아주 약간 감정의 색을 드러내면서 플로리안은 깊게 허리를 숙였다.

"하지만 다른 이유라면 다시 갖고 돌아가도 상관없겠지요. 실례했습니다."

"아뇨. 하지만 왕자님이 이 책을 읽게 해주신 점에는 감사하고 있다고 제 뜻을 전해주세요. 무척 즐거웠답니다. 저, 몇 번이나 읽었답니다. 특히 악령 레가타와 페페루제의 대목을."

"마님, 그만해주세요, 떠오르지 않게 해주세요!!"

노라가 귀를 막고 절규했다. 겁을 먹었는지 뮤제가 플로리안에게 달라붙었다. 뮤제의 어깨를 안으면 플로리안은 중얼거렸다.

"당신은 제오르디스 왕자님이 싫지 않으신 모양이군요."

"예. 어머, 마벨 님은 왕자 전하를 싫어하시나요? 친구인데요?"

알리시아가 아무렇지도 않게 되묻자 거짓말을 못 하는 플로리안은 얼굴을 굳히며 입을 다물었다. 뮤제가 '오라버니……'하고 불안한 목소리를 냈다.

"하지만 뮤제 님은 왕자 전하를 좋아하시죠? 그런데 오라버님이 왕자 전하를 싫어하신다면 큰일이네요."

이런 관계가 수렁으로 발전한다는 내용의 책이 있었는데, 그게 뭐였더라. 알리시아는 머릿속을 검색하기 시작했다. 알리시아의 말을 듣고 뮤제가 눈을 살짝 내리깔았다.

"예……. 저는 제오 님을…… 좋아한답니다."

"……뮤제."

괴로운 목소리로 여동생을 부른 플로리안은 퍼뜩 그 사실을 알아차렸는지 다시 무표정한 얼굴을 했다.

"시간을 빼앗아 죄송합니다. 가시는 길에 조심하십시오. 그럼."

금속판이 서로 스치는 소리를 내면서 가볍게 인사를 한 플로리안이 발길을 돌렸다.

뮤제도 한순간 알리시아의 얼굴을 쳐다보더니, 금방 바로 눈을 내리깔고는 오라버니를 쫓아갔다.

"여동생분은 왜 오셨을까요?"

노라가 투덜거렸다. 작별 인사도 하지 않은 채 가버린 뮤제의 태도에 불신감을 품은 듯했다. 그러나 바로 느긋하게 이러고 있을 때가 아니라는 사실을 깨달은 모양이었다.

"마님, 서두르세요. 언제 또 그 왕자님이 나타날지 모른다고요!!"

제오르디스를 향한 공포심이 훨씬 컸던 모양이다. 노라는 알리시아의 손을 잡고 기분이 안 좋은 사람이라고는 생각할 수 없는 속도로 마차를 향해 쌩하니 내달렸다.

"아, 그러고 보니까 마벨 님에게 붙여진 '순결한 은기사'란 말은 무슨 의미일까요."

제오르디스의 '도서관의 유령'도 그랬다. 다음에 뭔가 알게 된다면 그때는 카슈반에게 물어봐야지, 그렇게 생각하면서 알리시아는 노라와 함께 종종걸음으로 내달렸다.

눈이 가닿는 범위 안에 있는 것이 전부 백색 눈에 파묻힌 가운데, 거대한 검은 저택까지 눈에 파묻혀 있었다.

'라이센 돌 저택'이라는 이름의 유래가 된 정원에 늘어선 그 거석 군집, 크기가 카슈반의 키와 거의 비슷할 정도였던 돌들조차 눈에 파묻혀 전혀 보이지 않았다. 이미 정원을 둘러싼 석벽도 눈에 파묻혀서 안과 밖의 경계가 사라진 상태였다.

"어머, 이곳도 새하얗네요……. 아즈베르그의 눈은 정말로 엄청나군요……. 멋있어요."

알리시아가 마차 창문으로 바깥을 내다보며 감탄사를 내질렀다. 알리시아가 토해내는 숨도 새하얗다. 알리시아가 태어나서 자란 페이트린에도 눈이 올 때는 있었다. 하지만 이 정도로 엄청나게 쌓인 광경은 처음이라서 그저 압도될 뿐이었다.

"눈이 이만큼 많이 왔다면 눈과 관련된 이야기를 읽어야겠네요. '난로 위의 고양이 마왕'이 좋겠어요. 그렇지 않으면 오히려 남국을 무대로 한 이야기가 좋을까요……. '야자나무 그늘에서 성묘'라든가. 아아 하지만 '칠련'이나 '연팔'은 언제 읽어도 재미있어요. 그걸 손에 넣을 수만 있다면……."

요즘 알리시아는 노라가 제안한, 도서관을 선물 받는다는 망상을 하는 걸 마음에 들어 했다. 금액을 생각하면 부탁하기가 좀 망설여지지만, 만약 손에 넣을 수 있다면 이 책도 저 책도 사서 채워 넣고 싶다, 그렇게 망상은 끝없이 펼쳐졌다.

폭신폭신할 정도로 옷을 잔뜩 껴입은 노라가 슬슬 나아가는 마차 옆에서 나란히 걸으면서 중얼거렸다.

"······전부 시시한 이야기네요······. '비약'보다는 낫겠지만요. 처음에는 눈이 신기하겠지만, 금방 익숙해지고 곧 싫어질 거예요. 마님. 정말이지 엘난드 지방의, 왕궁이 아닌 곳에서 겨울을 나고 싶었다고요······."

라이센 가 일행은 겨울을 맞이한 아즈베르그 지방에서도 한층 더 북쪽, 눈의 하얀색으로 물든 숲 깊숙한 곳에 있는 저택으로 돌아왔다.

사전에 연락을 보내서 길을 만들게 했지만, 줄기차게 내리는 눈은 사람 힘으로 어떻게 할 수 있는 게 아니다. 그 정도 길은 눈 깜짝할 사이에 다시 지워지고 만다. 걱정했던 대로 도중에 눈 속에 마차가 갇혀서 남성진이 총출동해 마차를 미는 신세가 되었다.

"저기 노라, 역시 나도 내릴까요? 조금이라도 가벼운 편이 좋을 텐데. 게다가 눈 장난도 해보고 싶고요."

노라는 마차를 밀고 있지는 않았지만, 마차에 타고 있기보다는 걷는 편이 낫겠다고 판단해 도보로 마차를 따르고 있었다. 덧붙여 제오르디스와 재회한 탓에 오랜 상처가 악화된 티르나드도 세이그람이 강요하는 바람에 알리시아와 같은 마차에 타고 있었다. 티르나드는 염려스러운 눈길로 노라를 힐끗힐끗 쳐다보고 있었다.

그러나 알리시아의 질문에 노라를 대신해 루아크가 웃으면서 대답했다. 과연 루아크조차 추웠는지, 마차를 미는 그는 평소 입던 민소매 셔츠 위에 모피를 안감으로 댄 겉옷을 입고 있었다.

"괜찮아. 알리시아는 그냥 타고 있어. 이곳 겨울에 익숙하지 않은 동안은 그다지 밖에 나돌아다니지 않는 편이 좋아. 또 지금 상태로 는 마차에서 내리자마자 눈을 보고 흥분해서 어디론가 달려갈 것 같 으니까. 게다가 이미 도착했어."

알리시아는 눈을 보면 흥분하는 강아지 취급을 당했지만, 루아크 의 말대로 라이센의 저택은 바로 지척이었다. 단, 현관 이외에 다른 곳에는 눈이 쌓여 있었다. 현관으로 뻗은 길에도 옆으로 치워놓은 눈이 녹아 잠식해 들어오고 있었다.

"이거 나중에 눈을 치워야겠네요……."

마차를 밀던 손을 멈추고 트레이스가 어쩔 줄 모르겠다는 목소리 로 중얼거렸다.

"……그렇겠군. 슬슬 2층 출입문을 사용할 수 있도록 해놓지 않으 면 곤란하겠어……."

똑같이 마차를 밀던 카슈반이 아이고 맙소사 한숨을 내쉬었다. 매해 겨울마다 이렇게 눈이 많이 내리는 아즈베르그 지방에서는 건 물 1층이 눈에 덮일 때를 대비해 2층에도 바깥으로 나올 수 있는 출 입구를 만들어놓고 있다.

"어머! 카슈 님, 마님. 어서 오세요. 바로 따뜻한 마실 것을 준비 하겠습니다!!"

주인이 돌아왔음을 알아차리고 저택 문으로 얼굴을 내민 세일러 가 당황해서 그렇게 말하면서 다시 안으로 되돌아갔다. 카슈반도 나 중 일은 고용인에게 맡기고, 알리시아의 손을 잡고 1층 큰 홀로 들어 섰다.

"아—앗!!"

라이센 부부가 저택 안에 발을 들여놓기 무섭게, 큰 목소리를 낸 자는 마침 2층에서 내려오던 류크였다.

단, 머리는 부스스했고 눈은 멍하니 풀려 있었으며, 기분 탓인지 뺨도 쏙 들어간 듯 보였다. 평소에는 필요 이상으로 치장하는 주제에, 오늘은 옷 갈아입을 기력도 없는 모양이었다. 소맷부리에 물감이 묻은 옷을 그대로 입고 있었고, 손등에도 물감이 묻은 채였다.

"카슈반 님, 알리시아, 어서 오세요!! 저, 이제나저제나 두 분이 돌아오기만을 기다렸다고요!!"

"다녀왔어요, 류크. 괜찮아요? 왠지 너덜너덜해 보이는데."

알리시아가 생긋 웃으면서 물었다. 그러나 건넨 말을 듣는지 안 듣는지, 류크는 기분 나쁜 웃음소리를 내기 시작했다.

"훗훗훗…… 마침내…… 마침내 내 재능을 인정해야 할 날이 왔습니다, 카슈반 님!!"

"아니, 별로 네게 재능이 없다고는 생각하지 않는다. 그저 기일을 지키는 재능이 없다고 생각할 뿐이지."

기분 나쁜 열기에 들뜬 류크의 말을 놓치지 않고 카슈반은 냉정하게 지적했다.

평소라면 이 시점에서 풀이 죽었을 류크였지만, 오늘은 묘하게도 기력이 넘치는 모양이었다. 너덜너덜한 꼴임에도 의연하게 가슴을 폈다.

"바보 취급하지 마세요. 저도 한다면 합니다!! 자, 이쪽! 이쪽입니다, 카슈반 님, 알리시아. 다른 분들도 이쪽으로 와주세요!!"

류크는 1층 가장 안쪽, 고용인용 거주 공간을 가리켰다. 대량으로 남아도는 방 중에는 그에게 주어진 방도 있을 터였다.

"예, 알았어요. 갈게요! 왠지 재미있을 것 같아요. 카슈반 님, 어서 가요!!"

호기심이 일어난 알리시아가 카슈반의 손을 잡아끌었다. 카슈반은 의아해하면서도 알리시아가 잡아끄는 대로 걷기 시작했다. 나중에 저택에 들어선 티르나드, 노라, 트레이스, 세이그람도 무슨 일인가 싶은지 수상쩍은 얼굴을 하면서 뒤를 따라왔다.

줄줄이 따라오는 일행을 빨리, 빨리라고 재촉하면서 안내한 곳은 역시 류크 자신의 방이었다. 뻔뻔스럽게도 4인용이었던 방을 혼자 쓰고 있었기 때문에 방은 꽤 넓었다.

"자 여러분, 봐주십시오!!"

넓은 방의 넓은 벽을 향해 류크는 더러워진 오른손을 뻗었다.

"……어머나."

알리시아는 저도 모르게 안경테에 손을 대고 안경을 고쳐 쓰고 말았다.

"한순간 거울을 보고 있나 싶었어요……. 하지만 이건…… 그림이네요……?"

눈도 깜짝이지 않고 벽에 걸린 그림을 바라보는 알리시아의 반응이 만족스러웠는지 류크는 '물론이지!!'하고 기쁜 듯 대답했다.

초상화를 그리라는 명령을 받은 류크가 그린 것은 카슈반, 알리시아, 부부와 친교가 있는 많은 사람의 그림이었다.

중앙에는 밝게 미소 짓는 알리시아와, 아내 머리에 손을 얹은 카슈반이 상냥한 미소를 띠고 서 있었다.

두 사람 바로 뒤쪽에는 머리 뒤로 깍지를 낀 루아크가 있었다. 그 뒤에는 제다가 약간 소심하게 서 있었다.

알리시아의 옆에는 노라, 카슈반의 옆에는 트레이스가 서서 각각 직속 주인을 바라보고 있었다.

티르나드가 세이그람과 함께 카슈반의 옆에 있는 이유는 후견인이라는 관계 때문만은 아닐 것이었다. 아직도 노라에게 미련을 보이는 류크의 소소한 저항이리라. 사실은 알리시아도 카슈반의 곁에서 떨어뜨리고 싶었을지도 몰랐지만, 그래도 그것만큼은 포기한 모양이었다.

세일라나 단, 로세 등등 라이센 가 고용인들도 전부 있었다. 디네로나 리드렉도 있었다. 류크 자신도 제대로 노라 곁에 서 있었고, 그 옆에는 레네와 발로이가 있었다.

류크에게는 기일을 지키는 재능은 없었지만, 화가로서의 재능은 진짜라는 사실을 이 그림을 보는 사람들은 누구나 인정하지 않을 수 없겠지. 그 재능은 각각의 모습과 개성을 거울에는 비치지 않는 부분까지 그대로 담아내고 있었다.

"정말 멋지군……. 구도도 좋고, 색채도 뛰어나……. 과연 너답구나, 류크."

끊임없이 감탄을 늘어놓으며 트레이스가 호옷 숨을 내뱉었다.

"당신, 그림의 좋고 나쁨은 제대로 알고나 있나요……."

노라가 작은 목소리로 지적했지만, 류크의 큰 목소리에 지워져 트레이스에게는 가 닿지 않았다.

"자, 어떻습니까?! 나, 노력했다고요?! 카슈반 님이나 알리시아는 물론, 여기서 일하는 사람은 전부 그랬단 말입니다! 난 정말 대단해, 훌륭해!! 마지막에 가서는 될 대로 되라는 식이 돼서 멍한 정신으로 그려 넣은 사람도 있지만, 그래도 전부 다 그렸어요오!"

류크가 아는 한 친교가 있는 사람을 전부 담은 그림. 유란은 그려지지 않았다. 티르나드를 배려해서 한 행동이리라.

하지만 역시 알리시아가 중점적으로 보는 것은 한 사람뿐이었다.

"카슈반 님…… 웃는 얼굴이 무척 멋지세요."

카슈반 본인은 좀 전부터 물끄러미 그림을 바라보며 어안이 벙벙해하고 있었지만, 그림 속 카슈반은 계속 따뜻한 미소를 띠고 있었다.

"에헤헷, 그렇지?! 아버님 초상화랑 비슷하면 안 된다고 생각했더니 차라리 웃는 얼굴로 하자는 생각이 들어서 말이야! 알리시아랑 다르게 카슈반 님은 잘 웃지 않지만, 알리시아를 보고 웃는 얼굴이라면 몇 번인가 본 적이 있으니까!!"

완전히 우쭐해진 류크가 신이 나서 설명을 시작했다.

"그러면 시선 끝에는 알리시아가 있어야지. 그런데 알리시아가 있으면 루아크도, 노라도, 트레이스 씨도, 레이덴 백작님도, 세이그람 씨도 전부 전부 다 있는 편이 좋다고 생각했지 뭐야! 솔직히 채색을 시작했을 때는 죽을 만큼 후회했지만, 그래도 나, 노력했어!!"

"대단해요, 류크. 역시 당신은 천재예요."

알리시아가 솔직하게 비행기를 태워주자 류크의 기세는 멈출 줄을 몰랐다.

"헤헤, 그렇지? 알리시아, 나 정말 노력했어!! 카슈반 님도 이제는 아셨죠? 노력하고 있답니다! 그야 기일은 한참 전에 지나긴 했지만, 대신 좋은 그림을 완성했으니까 잘된 일 아니겠냐고 스스로도 생각해요!! 이름하야 '가족의 초상', 멋지죠?!"

류크는 아직도 침묵하는 카슈반의 반응도 신경 쓰이지 않는 모양이었다. 방구석에 세워둔 다른 그림을 집어 들고 와서는 그의 앞에 내밀었다.

"아, 그리고 붓을 든 김에 플로리안이라는 기사님도 그렸어요! 이름하야 '천둥 속의 은기사'. 어떤가요, 카슈반 님?! 이것도 꽤 잘 그리지 않았습니까?!"

특징적인 갑옷과 미모가 류크 내면의 화가의 마음을 자극해서일까, 기세를 탄 류크는 플로리안의 초상화마저 그렸다. 격렬하게 번쩍이는 천둥을 배경으로 한 그림은 역시 걸작이긴 했다. 그러나 초상화를 본 세이그람은 '작업 속도가 너무 차이 나는군. 우리 집에서는 고용할 수 없겠어'라고 차갑게 중얼거렸다.

그러나 평소라면 날카롭게 지적했을 터인 카슈반은 눈앞에 들이밀어진 플로리안을 무시하고 멍하니 중얼거렸다.

"……나는 이런 식으로 웃고 있나? 이런 식으로…… 제대로."

"응, 그래. 카슈반 형님."

뭔가를 감지한 기색으로 루아크가 고개를 끄덕였다.

"알리시아와 있을 때 카슈반 형님은 이런 느낌이야. 그렇지? 알리시아."

루아크의 확인에 알리시아도 미소 지으면서 고개를 끄덕였다.

"예, 그렇답니다 카슈반 님."

"……그런가."

희미하게 떨리는 카슈반의 목소리를 들은 류크의 표정이 환해졌다.

"아, 카슈반 님 지금 쪼끔이지만 감동했죠?! 이야, 쑥스러워라. 하지만 노력한 보람은 있었네요!!"

이 그림을 그리려고 정신력과 기력을 다 써버린 류크는 일종의 혼이 나가버린 상태가 되어서 하늘 높은 줄 모르고 우쭐거렸다.

반대로 카슈반은 점차 본래 상태로 되돌아오고 있었다. 그러나 류크는 그 사실을 알아차리지 못한 듯했다.

"뭐니뭐니해도 전 '날개의 기도' 교단이 인정한 화가니까 말입니다!! 아아, 유감스러워라. 왕궁에도 데려갔더라면 내 재능을 알아봐 줄 미녀와 만날 수 있었을지도 모르는데!!"

"아아, 그렇군. 그런데 류크."

카슈반이 갑자기 상냥하게, 그러나 '가족의 초상'에 그려진 것과는 명백히 다른 종류의 미소를 띠며 태연하게 말했다.

"꽤나 많은 사람을 그렸군. 이 그림에는 여백이 전혀 없어."

"에헤헤. 처음에는 이 저택을 배경으로 그리려고 했는데요, 사람이 많아져서 그만뒀어요!"

"그렇군. 그렇다면 언젠가 내 아이가 태어날 경우, 덧그릴 여지가 없는가."

"……어?"

류크가 얼빠진 표정을 지으며 자신이 그린 그림을 뒤돌아보았다. 알리시아는 '배가 아파' 와서 뺨을 붉게 물들였다.

그 외에 다른 사람들도 갑작스러운 전개에 멍청히 서 있었다. 그러다가 차츰 누가 먼저랄 것 없이 입가에 부드러운 미소를 띠기 시작했다. 자칭 애인인 노라만이 뭔가를 말하고 싶은 기색이었지만, 곧 '……알고 있었어요, 한참 전부터'라고 작게 중얼거렸다.

"……아직 언제가 될지 모르는 이야기이지만. 또, 미리 말해두지만 아이를 갖지 못해도 상관없어."

카슈반의 커다란 손이 알리시아의 머리를 쓰다듬었다.

여느 때와 다름없는 동작이 평소보다도 더 기뻐서 알리시아는 방실거리며 류크를 위로했다.

"그때는 다시 그려야겠네요. 힘내요, 류크. 맞다. 지금도 오델 후작 부부와 엘릭스 님이 빠졌는데…… 거기에 또."

"……우와아아아아아아아앙!! 세일러 씨, 단 씨이이이이!!"

다시 평소 모습으로 돌아온 류크는 비통한 소리를 지르면서 그 자리에서 도망갔다.

"에 그리고, 시이르 님과 키리안 님도 그리고……어? 류크."

"……그 정도로 해둬라, 알리시아."

매번 무의식적으로 사람의 마음을 헤집는 아내를 카슈반은 쓴웃음을 지으며 제지했다.

"한번은 저 바보를 전 왕녀 전하께 장난감으로 드리려고 생각한 적도 있었지만…… 정말로 그럴 수는 없겠지. 쓸데없는 말을 따발따발 늘어놓으면 곤란하니까."

류크는 원래 '날개의 기도' 교단에 소속되어 있었다. 이번 일로 심정적으로는 한층 더 이해가 깊어졌다고는 하지만, 왕가와 가까운 오델 가에 보내기에 걸맞은 인물은 못되었다. 게다가 류크는 궁지에 몰리면 바로 정보를 토해낸다. 매일같이 알리시아와 러브러브하는 모습을 다 까발리기라도 한다면 참을 수 없겠다 싶어서 카슈반은 류크를 오델 가로 보내기를 포기했다.

"뭐, 괜찮겠지. 기한은 이미 엄청 지났지만, 그림에는 아직 생일이 오지 않은 녀석들도 그려져 있다. 그쪽에는 늦지 않았다고 해두지."

"다행이다! 그게, 이 그림에는 사람들이 전부 그려져 있는 걸요. 우리 모두에게 주는 선물이죠."

어쨌든 류크는 내쫓기지 않고 끝난 듯해서 알리시아는 안도했다. 무엇보다 온건한 계절일 때라면 몰라도, 겨울에 아즈베르그 실외에 내던져진다면 얼어 죽는다.

"그렇군요. 제 아름다움도 제대로 그려주었으니까요. ……하지만 선물을 받은 이상, 저도 류크에게 뭔가를 해줘야 할까요."

노라가 중얼거리는 말을 듣고 티르나드가 머뭇머뭇 입을 열었다.

"아…… 노라는 그, 실물이 더…… 그리고, 노, 노라의 새, 생일에는 나도 뭔가 준비할게…… 여, 여러모로, 도움을 받기도 했고……."

"뭐…… 뭐, 그렇죠. 감사히 잘 받겠어요……. 그리고 선물을 받은 이상, 제대로 보답을 해야겠죠. 음, 물론 의무예요. 의무."

입을 우물거리면서 서로 약속하는 두 사람을 세이그람이 찌릿 노려보았다.

"티르나드 님, 너무 값비싼 물건을 줘서는 안 됩니다. 집안의 재정 상태를 잘 미루어보고 선물을 하십시오."

"알고 있어. 그리고…… 너한테도 뭔가 선물할 테니까. 정말이지 생일 정도는 제대로 알려 달라고. 가을이라면 벌써 한참 전에 지나버렸잖아."

토라진 주인의 발언에 세이그람이 안경 안쪽 눈을 반짝 빛냈다.

"그러시다면, 제다를 고용할 수 있도록 허가해주십시오."

"제다 씨를? 왜?"

갑자기 나온 제다의 이름에 루아크가 바로 되물었다.

"나는 집사로서는 초일류지만, 전투에 관해서는 그다지 우수하지 못하다. ……레이덴 저택 경비병은 수가 상당히 줄어버렸고, 무엇보다 그 일로 우수한 호위의 필요성을 통감했다."

얼마 전에 레이덴 저택이 습격받았을 때 일을 늘어놓는 세이그람은 약간 분한 모양이었다.

"그렇다고 해서 라그라드르인을 공공연히 고용하기는 어렵다. 그 점에서 제다라면 평소에는 모습을 감추고 있으니 딱 좋지. 레네는 발로이 님 곁을 떠나려 들지 않을 테고, 또 묘한 여자를 이보다 더 티르나드 님 곁에 둘 수는 없어."

전 '장난감 군대'의 구성원인 제다는 루아크보다 약하다는 열등감은 품고 있지만, 사실은 평범한 사람을 크게 웃도는 전투 능력의 소유자였다. 그저 비교할 상대를 잘못 골랐다는 말밖에는 할 수 없었다.

"루아크, 널 만날 수 있는 기회가 늘어난다고 하면 그 녀석은 분명히 단박에 고개를 세로로 흔들 거다. 그 점을 구실로 삼아 금액도 깎을 수 있어. 여기까지가 그 녀석을 고용하고자 하는 이유다."

"……변함없이 빠릿빠릿하네."

루아크는 제다의 이야기만 나오면 태도가 좀 불분명해진다. 이번에도 예외 없이 쓴웃음을 지으며 말을 매듭지었다.

"뭐 그것도 좋겠지. 나도 마침 제다 씨에게 이것저것 묻고 싶은 일이 생겼으니까."

"묻고 싶은 일?"

흥미를 느끼고 바로 이야기에 끼어들려는 알리시아의 머리 위에서 카슈반과 루아크의 시선이 교차했다.

먼저 고개를 끄덕인 카슈반이 스리슬쩍 화제를 바꾸었다.

"자, 배가 고프기도 하니 밥이라도 먹을까? 알리시아. 그런데 앞으로는 식탁에 생선만 오를지도 모르는데 그래도 상관없겠어? 생선을 먹는 일 자체에 저항감이 없는 줄이야 알지만."

"예? 예. 저는 먹을 수 있다면 뭐든 상관없답니다."

먹을 것 얘기에 알리시아가 바로 걸려들었다. 그런 알리시아에게 카슈반이 사정을 설명해주었다.

"알다시피 '날개의 기도' 교단의 경건한 신자는 생선을 먹지 않는다. 그래도 문제없는 건 식량이 풍부한 녀석들뿐이다. 오델 후작 같은 대귀족이나 그분 영지처럼 농산물이 풍부한 곳에 사는 사람이야 괜찮겠지만, 아즈베르그의 농민은 그렇지 못해. 특히 겨울에는 말이지."

1년 내내 제대로 볕이 들지 않는 아즈베르그 지방은 수확할 수 있는 작물의 양이 한정돼 있다. 레이덴 지방과 친교를 맺은 지금, 레이덴 지방의 풍부한 은혜의 일부를 나눠 받을 수 있었다. 그러나 매년 그래 왔듯이 겨울에 굶어 죽는 사람이 발생하는 것을 완전히 막을 수 있을지 어떨지는 알 수 없었다.

카슈반이 '날개의 기도' 교단 가르침에 반항적인 이유는 단순히 좋고 싫음을 떠나서, 식량 문제도 관계되어 있는 듯했다.

"라그라드르가 가까우니까 소금에 말린 생선이라면 대량으로, 그 것도 싸게 들여올 수는 있다……. 하지만 알다시피 아즈베르그 녀석 들은 보수적이고 완고해서 말이야. 평소에는 대단한 신앙심을 가지지 않은 녀석도 역시 생선은 먹기 싫다고 지껄이고 있어. 그렇지? 트레 이스."

이 자리에 모인 인물 중 가장 경건한 신자인 트레이스가 곤혹스럽 게 웃었다. 그도 생선을 거부해온 사람 중 한 명인 모양이었다. 그러 나 카슈반의 집사가 된 지금은 생선을 먹지 않을 수 없을 것 같았다.

"어머, 하지만 왜 그렇다고 해서 우리가 생선만 먹어야 하나요?"

불만은 없지만 의아했기 때문에 알리시아는 그렇게 질문했다. 질 문에 카슈반은 계속 설명을 해주었다.

"우리가 솔선해서 먹어 보이지 않으면 영민은 좀처럼 손을 대지 않 겠지. 게다가 우리가 생선을 먹고, 그만큼 남은 식량을 굶는 자에게 돌린다면 그만큼 굶어 죽는 자는 줄어든다. 생선은 절대로 먹고 싶 지 않다고 버티는 녀석들에게 억지로 먹일 수도 없는 노릇이니까."

"그런 식으로 말씀하셔도 때로는 억지로 먹이려고 하시잖습니 까……. 역시 노인과 병자에게는 그러지 않으시지만요."

트레이스가 작은 목소리로 반론하는데, 알리시아는 갑자기 의욕 에 가득 차서 선언했다.

"그럼 저, 오늘부터 힘내서 생선을 먹고 먹고 또 먹겠어요!!"

"아니, 그런 기세로 먹었다가는 우리가 굶어 죽을지도 몰라. 그러니까 조금 사양해주겠어……? 생선이라고 해도 무한정 손에 넣을 수는 없으니까……."

배려해주는 마음은 고맙다. 그렇게 덧붙이면서 카슈반은 도움이 되고자 기염을 토하는 알리시아에게 살며시 쐐기를 박았다.

종장

왕궁에서 돌아온 지 열흘.

완전히 눈에 묻혀버린 라이센 저택 2층, 주인의 방에는 어제까지 정보 수집을 위해 라그라드르에 갔던 세이그람이 보고를 하려고 와 있었다.

"발로이 님과 이야기를 해서 제다를 빌리는 허가를 받았습니다. 하지만 어디까지나 소속은 발로이 용병단으로 하고, 레이덴 가에 파견한 형태로 해두고 싶습니다."

그 말을 듣고 트레이스를 곁에 세워두고 책상에 앉아 있던 카슈반이 역시나 곁에 서 있던 루아크를 힐끗 올려다보았다.

"······그래도 괜찮겠지?"

"그렇지 뭐. 여차하면 전혀 모르는 일이라고 우길 수 있도록 해둬야 하니까."

자신의 처지를 잘 파악하는 루아크는 세이그람이 말한 의미를 정확하게 이해하고 있었다.

제다를 정식으로 레이덴 가에서 고용한다면 전 '장난감 군대'와 직접 관련을 맺게 된다. 그러니까 이렇게 에두르는 짓을 했을 터였다.

"나도 일단 발로이 아저씨 대원이 될까? 라그라드르에서 파견되었다고 해두면 그 아저씨랑은 싸우지 않고 싶어 하는 재상 할아버지

추궁은 좀 약해질지도 모르는데."

"안 돼. 너를 그 꼰대에게 빼앗기는 일은 피하고 싶다."

발로이는 이전부터 유능한 전사인 루아크에게 관심을 표했다.

왕가의 추궁을 피한다는 이유로 루아크가 입단하면, 그러기 무섭게 잘 어르고 달래서 부하로 삼으려고 들 게 틀림없다. ……혹은 사업상 정적으로 여겨서 배제하든가.

"글쎄, 발로이 아저씨는 결국 좋든 나쁘든 라그라드르인. 형님과는 최종적인 이해가 일치하지 않으니까."

지스칼드를 싫어한다는 점과 빈유에 약하다는 점 등, 카슈반과 발로이는 공통점이 많았다. 정에 휩쓸리지 않는 남자라는 점에서도 공통적이었다.

한번은 디네로와 사이가 틀어지게 만들려고까지 했던 발로이였다. 발로이가 바라는 것은 어디까지나 라그라드르인의 이익이다. 뛰어난 암살자로서 용병보다도 더 뛰어난 활약을 보여줄지도 모르는 전 '장난감 군대' 출신은 같은 밥그릇을 놓고 싸우는 적이다.

레네를 부하로 둔 이유도 그런 종류로 사정이 있기 때문이리라. 레네 본인은 그 점을 알면서도 발로이에게 연심을 품고 있지만 말이다.

"게다가 루아크는 우리 아들인걸요. 그렇죠? 카슈반 님."

그렇게 말한 사람은 세이그람이 카슈반의 방으로 가는 광경을 보고 그대로 따라온 알리시아였다.

평소라면 알리시아가 그렇게 사방을 헤집고 다니면 노라가 제지했으리라. 그러나 노라는 요즘 요양 중인 티르나드의 방에 있을 때가 많아서 라이센 가 마님은 방목 상태였다. 카슈반도 처음에는 쫓아내는 시늉을 했지만, 이번 일에는 알리시아도 어느 정도 관계가 있었다. 알리시아도 결말이 신경 쓰이겠다고 생각해 동석을 허가했다.

"……응, 고마워. 알리시아."

루아크가 쑥스러워하며 미소 지었다. 이를 계기로, 세이그람이 안경을 밀어 올리며 화제를 바꾸었다.

"다음으로, 왕가의 주변 사정에 관해서입니다. 우선 라그라드르와의 융화 정책은 강공작 각하께서 예측하셨듯이 자연스럽게 소멸하기를 노리고 있다고 생각합니다. 국왕 폐하는 아직 상태가 안정되지 않아, 기분이 좋지 않으시다는 이유로 공무 중에 자리를 뜨는 일도 종종 있다고 합니다. ……그 구멍은 스탕발 재상 및 예의 왕자 전하께서 메우고 계시는 모양입니다."

제오르디스의 이름을 입에 올리기도 싫다. 그런 느낌이 드는 어조로 세이그람은 보고했다. 세이그람은 자신과 똑같이 벌레 씹은 얼굴이 된 카슈반을 바라보며 말을 이었다.

"그런 남자가 다음 국왕이 되다니 말도 안 됩니다. 속내를 알기 쉬운 만큼 차라리 오델 후작이 더 낫습니다. 그런 의미에서 강공작 각하, 진심으로 국왕 자리를 노려보심이 어떠십니까?"

"정신없는 틈을 타서 또 그 얘기를 하는가. 나도 그 녀석이 국왕이 될 거라 생각하면 등골이 오싹하다. 하지만 아무리 그래도 나는 국왕 자리를 노리지는 않는다. 그보다 세이그람. 그런 얘기를 여기저기에 퍼뜨리고 있다면 당장 그만둬라. 설마 이번에 왕궁에 불려 간 이유가 그 때문은 아니겠지……."

진절머리가 난다는 듯이 카슈반은 세이그람의 말을 부정했다. 그러나 대책을 궁리해둘 필요는 있다고 느끼는 모양이었다.

"……그렇지만 알리시아에게도 실컷 손을 대려 했지. 거기에 아직 뭔가를 꾸미고 있음이 분명해. ……정말이지, 유령은 유령인 채로 남아 있어줬으면 좋았을 텐데."

제오르디스의 '도서관의 유령'이라는 별명을 걸고넘어지면서 카슈반은 씁쓸하게 한숨을 내쉬었다. 유령, 이라는 단어에 알리시아는 민감하게 반응했다.

"카슈반 님, 그러고 보니 왕자 전하에게 왜 '도서관의 유령'이라는 별명이 붙었죠? 도서관을 좋아하시나요?"

실언을 했다는 사실을 알아차린 카슈반은 알리시아를 제외한 세 사람을 바라보더니, 포옥 알리시아의 머리에 손을 올려놓았다.

"……알리시아, 처음에는 네가 가져온 정보였지만 '도서관의 유령'의 어원은 왕궁의 금기다. '순결한 은기사'도, 아무래도 그 여동생도 말이다. 미안하지만 자세한 얘기는 해줄 수 없다."

알리시아는 호기심이 이끄는 대로 멋대로 행동하는 경향이 있었다. 카슈반도 소리 내어 말하지는 않았지만, 그런 알리시아에게 다루기 어려운 정보를 전해줄 수는 없다고 생각하고 있음이 명백했다.

"……예, 죄송합니다. 카슈반 님……."

"나쁘게 생각하지 말아줘. …왕자 전하는 귀찮은 상대다. 가능한 한 그분과 너를 엮이게 하고 싶지는 않아. 그 점을 알아주길 바라."

카슈반이 눈과 눈을 맞추고 진지한 어조로 하는 말을 들은 알리시아는 고개를 끄덕였다.

"알리시아가 아주 가끔이지만 인기가 많아서 참 걱정이겠지. 카슈반 형님도."

루아크가 짓궂게 말하자 세이그람이 안경테에 손을 갖다 대면서 알리시아를 바라보았다.

"알리시아 님이 인기가 많다고?"

세이그람이 물끄러미 바라보자 알리시아는 지극히 평범하게 미소를 지어 보였다. 걱정이라고는 없는, 밝게 미소 짓는 얼굴을 보고도 세이그람은 전혀 수긍할 수 없는 모양이었다.

"혈통도 좋겠다, 겉보기로는 약간 멍해 보여서 손대기 쉬울 것 같은 점이 좋아 보이니까? 실제로는 뜻밖에 날카로운 구석이 있지만. 뭐, 말을 걸어오는 상대는 하나같이 이상한 구석이 있는 남자뿐이지만, 세상에는 의외로 이상한 구석이 있는 남자도 많으니까."

"……루아크, 그건 즉 카슈반 님도…… 아니, 아무것도 아니다."

트레이스는 당황해서 입을 다물었다. 그러나 카슈반은 그의 말도 귀에 들어오지 않는 모습으로 진지한 얼굴을 하고 있었다.

"아니……. 그렇지만 최근에 알리시아는 귀여워졌으니까."

실내에 침묵이 가득 찼다.

"……어머, 카슈반 님……."

알리시아는 '배가 아파' 와서 뺨을 붉게 물들였지만, 그 외의 다른 사람들은 뭐라 형용할 수 없는 얼굴을 하고 있었다.

"귀여워졌잖아? 나도 때로는 눈을 뗄 수가 없을 때가 있을 정도다. 역시 너무 밖으로 내돌리지 않는 편이 좋겠어……. 더는 이상한 벌레들이 달라붙는 걸 참을 수 없다."

실내에 어렴풋하게 감도는 싸늘한 공기를 전혀 눈치채지 못했는지, 카슈반은 어디까지나 진지한 얼굴로 말했다. 세이그람이 살며시 안경을 벗더니 그에게 내밀었다.

"강공작 각하. 정신 차리십시오. 제 안경을 빌려드리죠."

"……카슈반 형님, 나도 알리시아를 무척 좋아하고 또 귀엽다고도 생각하지만 말이야. 그건 내면도 포함해서거든……. 디네로 님도 그 왕자님도 아마도 외모가 마음에 들어서는 아닐 거야……."

루아크가 스리슬쩍 심한 말을 했다.

"알리시아 님이 부, 부부는 닮는다고 말씀하셨습니다만, 설마 카슈반 님이 천연, 아니 이렇게 되실 줄이야……. 분명히 카슈반 님은 예전부터 미적인 안목이 좋으신 편은 아니었습니다."

트레이스까지 당황해서 그런 말을 했기 때문에 카슈반은 발끈한 표정을 지었다.

"뭐냐, 트레이스. 미적 안목에 관해서 너한테 그런 말을 들을 의리는 없다고 생각하는데!!"

"카슈반 형님, 트레이스 씨의 미적 안목 자체는 별로 이상하지 않아. 그저 아름답다고 생각한 것을 있는 그대로 아름답게 재현하지 못할 뿐이지."

또다시 심한 소리를 한 루아크의 곁에서 카슈반과 트레이스가 언쟁을 시작했다.

세이그람이 '겉보기만을 놓고 보자면 어떻게 봐도 그 암고양이 쪽이 미인입니다'라고 말하기 시작했고, 마침 세이그람이 돌아왔다는 소식을 듣고 자리에서 일어난 티르나드와 노라가 가세, 최종적으로는 왜인지 '누가 가장 미인인가'라는 논쟁이 시작되었다.

"이렇게 사이좋게 지내는 모습을 류크에게 그려달라고 해도 좋겠네요."

혼자서 논쟁의 고리에서 벗어났던 알리시아는 트레이스가 자신이 그린 그림을 가리키며 '카슈반 님은 역시 안경을 쓰셔야 하겠습니다. 저와 알리시아 님을 헷갈리시다니!'라는 말을 들으며 방실거리고 있었다.

"와아, 뭔가요. 즐거워 보이네. 나도 끼워줘요!"

소란한 소리를 듣고 류크가 얼굴을 뿅 내밀었다. 그를 발견한 알리시아는 마침 잘 됐다며 한 가지 제안을 했다.

"저기, 류크. 이번에는 우리가 모두 얘기하는 모습을 그림으로 그려줄 수 있나요?"

"엥, 엇? 얼마 전에 그렇게 그려댔는데 또 그려……?"

겨우 매무시를 가다듬을 여유를 가질 수 있었던 류크는 흠칫해서 얼굴을 굳혔다.

"어머, 그러네. 이만큼이나 많은 인원을 그리기는 힘들겠죠. 그래요, 류크. 트레이스에게 그림을 가르쳐줬었죠? 인원수가 많아서 힘들다면 트레이스에게 절반을 그려달라고 하면 어때요?"

"엥……? 내 그림이랑, 트레이스 씨 그림이랑 합체시켜 ……?"

완성된 모습을 상상해서일까, 류크가 얼굴을 실룩거렸다. 알리시아는 그런 류크에게는 아랑곳하지 않고 단란한 가족의 공기를 즐기고 있었다.

작가 후기

　발행 간격이 좀 길어졌습니다만, 여러분, 기억하고 계십니까? 오노가미 메이야입니다. 시리즈 여섯 번째 작 '사신 공주의 재혼—거울 감옥에 사는 왕—'을 읽어주셔서 정말로 감사합니다!

　이번 권의 새 캐릭터는 왕가와 관련된 다섯 사람입니다. 그중에는 지금까지 이름이 종종 나온 사람도 있죠. 그런데 수가 좀, 많다!! 인간관계도 더 복잡해졌기 때문에 인물 상관도를 첨부했습니다.

　상관도에서는 '?' 취급을 받는 제오르디스 왕자는 당초 콘셉트에서는 분명히 '카슈반에게 친구를 만들어주자.'는 취지로 만들어진 캐릭터였습니다. ……그런데 어딘가에서 성대하게 예정이 어긋난 것 같은 느낌이 드는군요.

　카슈반의 나쁜 점과 루아크의 나쁜 점을 더하기만 하고 적절히 덜어내지는 않은 것 같은 이 캐릭터는 인간으로서는 시원시원할 정도로 글러먹었기 때문에 오히려 쓰기 편했습니다. 초기 설정에서는 안대를 쓴 캐릭터였습니다만, 상처를 그대로 드러내놓고 있는 쪽이 그럴듯해서 지금 상태가 되었습니다.

　그런 제오르디스에게 휘둘리는 마벨 남매는 작가의, 색소가 옅은 미형 사랑+사이좋은 남매 사랑이 반영된 캐릭터들입니다. 언제나 신경이 곤두서 있는 오라버니와 항상 겁먹은 상태의 여동생은 제오르디스와 세트로 앞으로도 종종 등장할 테니, 잘 부탁합니다. 항상 쭈뼛거리는 국왕 폐하와 빠릿빠릿한 재상도 내친김에 잘 부탁합니다.

왕가의 인물들에게는 주역 부부를 비롯한 고정 출연진들도 완전히 휘둘렸습니다만, 주역 부부는 그러면서도 일보 전진했다고 할까요. 알리시아는 앞 권의 전개에서 더 나아가 서서히 '특별'하게 '좋아하는' 것의 멋진 점과 무서운 점을 눈치채고 있는 것 같기도 하고…… 아닌 것 같기도 하고…….

생일이 생긴 '아들'을 위해서라도 카슈반은 슬슬 각오를 다졌으면 합니다만, '아버지'란 존재에 대해 여러모로 생각하는 점이 있는 것 같습니다……. 자칫 잘못해서 거울 감옥에 틀어박히지 않도록 잠시 동안은 잘 지켜봐 주셨으면 합니다.

이번에는 그 외 다른 커플들에 대해서도 잔뜩 쓸 수 있어서 즐거웠습니다. 지스칼드 에르티나 부부가 됐든, 발로이와 레네가 됐든, 티르와 노라가 됐든, 각각의 커플이 사랑을 해나가는 모습도 함께 지켜봐 주시면 고맙겠습니다.

……트레이스의 그림은 500년이 지나도 그대로일 테니 그냥 내버려두십시오. 어떻게 좀 해보라고, 류크.

그리고 띠지를 보면 아시겠지만, '사신 공주의 재혼'이 드라마 CD로 만들어집니다!!

발행일은 가까운 시일 내에 공표한다고 합니다. 이것도 저것도 모두 다 응원해주신 여러분 덕분입니다. 고맙습니다!! 호화 성우진의 꿈의 경연. 누구보다도 제가 가장 기대하고 있습니다만, 괜찮다면 여러분도 기대해주세요.

부부 이외의 캐스팅에 대한 상세한 내용은 비즈로그 문고의 공식 사이트를 참조해주십시오. 이쪽도 예외 없이 호화 성우진이랍니다! 개인적으로는 유란의 캐스팅이 정말 엄청나서 울 것 같아요!!

그 외에도 여러 가지로 기대할 만한 것들이 있으니, 여유가 있으신 분들은 부디 구입해주세요.

마지막으로, 점점 항례(恒例)가 되어가고 있습니다만, 이번에도 비즈로그 모바일 사이트에 카슈반 시점의 번외 단편 『꾀는 숙녀의 기본 소양』을 썼습니다. 전회까지의 두 편 플러스 2주년 기념 소책자 한 편으로 『그저 부부가 자고 있다』 시리즈가 끝났습니다. 이번 회부터는 새 장(章) 돌입이라는 느낌입니다. 현재 배포 중이므로 상세한 내용은 띠지의 날개를 참조해주십시오. 이쪽도 잘 부탁합니다.

레네의 일러스트가 정말 귀엽다고 하시는 담당 미카지리 씨, 왠지 제오가 마음에 드신 것 같은 일러스트레이터 키시다 메루 씨와 함께 계속 노력하고 있으니, 서서히 여러모로 전개되고 있는 '사신 공주'를 앞으로도 응원해주세요.

2009년 4월 오노가미 메이야

사신공주의 재혼 6

초판 1쇄 발행 2018년 11월 15일

저자 오노가미 메이야

발행인 원종우
발행처 이미지프레임

주소 (13814) 경기 과천시 뒷골1로 6, 3층
영업부 02-3667-2653 **편집부** 02-3667-2654 **팩스** 02-3667-2655
메일 alicenovel@imageframe.kr **웹** alicenovel.com

ISBN 979-11-6085-293-6 02830 (6권) 979-11-6085-287-5-02830 (세트)